L'aquarium :
Et autres nouvelles

Maria Elena Alonso-Sierra

TRADUCTION PAR
Dany Mater Thelliez

L'AQUARIUM : ET AUTRES NOUVELLES

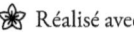 Réalisé avec Vellum

Les chants de l'âme sont dédiés à tous mes compatriotes cubains, ici ou à l'étranger.
Nous avons survécu et triomphé, malgré les atrocités que nous avons endurées sous le cruel régime castriste.

NOTE DE L'AUTEUR

JE ne me suis jamais considérée comme une nouvelliste. En fait, je me suis détournée de ce type de récit simplement parce que je pensais que c'était un support d'écriture très difficile.

Et j'avais raison.

Les romans vous laissent toute latitude pour explorer, pour développer, pour prendre des libertés. Vous n'avez pas à vous soucier de la longueur. Les personnages, l'antagonisme, l'intrigue peuvent être développés lentement, différemment.

Avec les nouvelles, l'écrivain doit prendre le lecteur aux tripes immédiatement. L'histoire doit être racontée en tenant compte de certains paramètres. Les personnages doivent être réels dès les premiers mots qu'ils prononcent. L'antagonisme doit être intense, presque à son paroxysme, et la résolution doit se terminer tantôt de façon subtile, tantôt de façon bouleversante, tantôt pas nécessairement bien.

J'ai écrit ma première nouvelle en obtenant mon master, mais j'ai arrêté parce que la vie m'en a empêchée. Des années plus tard, j'ai décidé de publier mon roman, Maudite monnaie, et d'en écrire la suite, Maudit manuscrit. Mais j'avais toujours en tête l'envie de faire quelque chose des nouvelles que j'avais écrites, et peut-être d'élargir le répertoire, surtout concernant les récits de mon enfance, de mes expériences en tant qu'exilée cubaine.

Cette collection s'est concrétisée après que l'une de mes nouvelles, « L'aquarium », eut gagné une place à la finale du concours Carried in Waves à l'Université de Cork, en Irlande. Cela m'a incitée à compiler mes écrits et à rédiger le reste des récits qui agitaient mon esprit (j'en ai encore quelques-uns à écrire, mais ce sera pour une collection future).

J'ai divisé cette collection en quatre parties, qui je pense sont suffisamment explicites : Pour le plaisir d'écrire (juste pourquoi), Les chants de l'âme (récits de la diaspora cubaine), Prologues (prologues d'histoires de romans à venir) et Fin, une fantaisie très très courte de l'auteur.

À propos de la deuxième partie, les chants de l'âme...

Ces nouvelles ont été difficiles à écrire. Déchirantes. Chacune recèle un ou plusieurs événements que j'ai personnellement vécus. Et croyez-moi, même si ces incidents se sont produits il y a environ des lustres, la peur, la souffrance, la nostalgie, la mélancolie liées aux bouleversements vécus, aux choses perdues et au changement inévitable, demeurent. Je ne me serais jamais doutée que l'écriture de ces nouvelles rouvrirait la cicatrice protégeant la profonde blessure au fond de mon cœur, une blessure qui ne guérira jamais vraiment.

Comme toujours, je tiens à remercier Scott Carpenter pour son magnifique travail sur la couverture du livre ; Anita Mumm pour le partage de sa fantastique expertise d'éditrice, et a Dany Mater Thelliez, pour une traduction parfaite.

Une dernière chose...

Cette collection a été un travail d'amour.

J'espère que vous l'aimerez autant que j'ai aimé l'écrire.

Maria Elena Alonso-Sierra

POUR LE PLAISIR D'ÉCRIRE

(Juste parce que)

LE CADEAU DE JERRY

DÉCAPER LA PEINTURE, à l'extérieur et à l'intérieur, aucun mur et aucun plafond n'ayant échappé à l'outrage de l'âge, aucune surface ne se portant plus mal qu'une autre.

Maureen supportait sans broncher les écailles exfoliées couleur ivoire, écartant la poussière dans ses cheveux, sur ses vêtements et dans sa vie comme un accès passager de pellicules. Mais les murs écaillés de la maison de son arrière-grand-père, comme son existence, seraient bientôt rénovés, dès qu'elle aurait négocié un bon prix pour le cadeau de Jerry.

C'était drôlement satisfaisant.

Le soleil oblique réchauffait sa peau, la rosissant légèrement tandis qu'elle était assise sur la véranda, la brise chargée des arômes de pin et de rose. Maureen adorait ce coin du porche au sud ouest. L'air servait de murs et la nature remplaçait l'absence de décor. Chaque après-midi, après avoir terminé la restauration, elle préparait un pichet de limonade et s'asseyait face aux érables de quatre-vingts ans au bout de la propriété.

C'était son rituel.

Son espace.

Son univers.

Elle rit, et le doux bruit se mêla aux stridulations aiguës des cigales.

Elle fléchit ses orteils contre les planches nues, ébranla son fauteuil à bascule dans des arcs paresseux, et, sans hâte, repêcha des écailles de peinture naufragées dans sa limonade. Elle s'emplit la bouche de la fraîcheur citronnée et se délecta du liquide qui coulait lentement, très lentement, dans sa gorge.

Jerry pensait qu'il avait gagné. Il le croyait parce qu'il avait magouillé pour que Maureen se retrouve avec un misérable montant forfaitaire du revenu cumulatif après le règlement de divorce. Le facteur–X, l'avait-elle appelé, X étant le pourcentage de leurs années de mariage soustraites des X années productives de Jerry en tant qu'homme de loi.

Une misère.

Mais Maureen ne s'était pas plainte. Elle ne se plaignait pas. Elle était satisfaite.

Elle sourit. Une vision de son ex-mari souriant avec arrogance en parcourant les rues étroites d'Europe avec sa dernière bimbo, Grace, lui traversa l'esprit. Maureen l'imaginait aisément se vanter, persuadé qu'il l'avait remise à sa place – après tout, elle n'était personne, issue de gens qui n'étaient personne, redevenue l'ex-femme de quelqu'un qui n'était personne. Qu'importait qu'elle eût passé le plus clair de sa jeunesse à subvenir à ses besoins pendant qu'il étudiait le droit des sociétés. Qu'importait que sa famille à pedigree l'eût renié pendant la durée de leur mariage. Qu'importait aussi qu'elle se fût glissée physiquement et socialement dans le moule qui la faisait entrer dans la définition que Jerry se faisait d'une épouse, avant d'en avoir marre et de demander le divorce. Finalement, aucun de ses efforts n'avait été pris en compte. Maureen n'avait pas été suffisamment tape-à-l'œil pour la carrière de Jerry, ou n'avait pas eu un ego suffisant pour un homme de loi vedette. Lorsqu'elle lui avait finalement transmis les documents, le soulagement de Jerry avait été palpable, le document semblant être une sorte de signe divin validant son voyage à la découverte de soi, lui donnant carte blanche pour collectionner davantage de maîtresses qu'avant.

Maureen ébranla de nouveau son fauteuil à bascule, jouissant de la manière dont le mouvement déplaçait l'air et rafraîchissait sa peau autour de son cou. Qui aurait pu penser, après la vilaine procédure de divorce, que la dernière action de Jerry fût un acte de générosité ? Un ricanement de satisfaction vibra dans sa poitrine et l'air remua, mêlant les senteurs de pin et de terre moussue autour de la véranda. Les feuilles d'érable en mouvement capturaient la lumière et scintillaient comme des bijoux sur le violet du ciel.

Des bijoux. Ce symbole était tellement approprié, pensa Maureen, et cela méritait de porter un toast sans alcool.

« Aux ex-maris. » Elle leva son verre en hommage. « Et à leur besoin de se découvrir soi-même. »

Plusieurs écailles de peinture tombèrent au sol en spirale. Elle but une longue gorgée et tapota la pochette carrée de velours noir qui reposait sur ses genoux. Elle devrait remercier Jerry pour son impatience et pour son obsession à démontrer ses talents masculins. Le comportement de Jerry avait été salvateur pour Maureen. À la même heure demain, les boutons de manchettes avec des diamants de deux carats, les boucles d'oreilles en rubis et diamants et le pendentif assorti, le bracelet et la bague en or à dix-huit carats et saphirs, et la broche avec une émeraude aussi grosse que l'ongle de son pouce, la fierté de Jerry, son héritage familial, seraient démontés, découpés, restructurés, et vendus. Parce qu'il était tellement pressé de découvrir l'Europe et de saccager les profondeurs de son nouveau jouet sexuel, il s'était précipité pour récupérer la pochette de bijoux dans le coffre de dépôt deux heures avant son vol, sans examiner son contenu. Il avait oublié qu'il avait planqué ses bijoux à elle avec ceux de feue sa grand-mère l'année précédente. Et parce que Jerry s'était réjoui à l'avance des conclusions de leur divorce, après qu'il eut remis à l'avocat de Maureen un paquet pitoyable de colliers de perles, de bracelets et de boucles d'oreilles en émeraude en forme de larmes, Maureen s'était vu remettre un bonus inespéré, gratuit, dégagé de toute responsabilité et de représailles.

Maureen souleva la pochette de velours et l'enferma dans sa paume. Son poids la satisfaisait et répondait à son besoin de justice. Et si l'erreur était un jour découverte, toutes les pistes mèneraient à son ex-mari. Maureen ne s'était pas approchée de la banque, et sa signature ne figurait sur aucun document pouvant la relier à ce coffre de dépôt. Elle n'y avait jamais figuré. La confiance de Jerry n'était jamais allée jusqu'à inclure Maureen comme cosignataire dans le compte du coffre de dépôt.

Il avait perdu. Elle avait gagné.

Le gravier crissa. Le visiteur de Maureen se gara près de son camping-car. Son verre de limonade à la main et la pochette de bijoux dans l'autre, Maureen se leva. Elle s'épousseta les cheveux, sourit, et attendit que le bijoutier parvienne auprès d'elle.

RITES DE PASSAGE

« MAMAN. Mamaan ! Laisse-moi aller sur celui-là. S'il te plaît ! »

La voix excitée de mon fils me met en alerte. Mes yeux confirment que le défi est encore pire. Le grand huit imposant est immense ; et les cris perçants de ses passagers ne sont pas arrêtés par le tintamarre ambiant.

« Tu es sûr de vouloir aller là-dessus ? » lui demandé-je, avec une appréhension croissante.

« Oh, oui. » Il file vers un panneau à l'entrée du manège et s'y fond presque. Sa main trace une ligne imaginaire de sa tête à la large ligne peinte en haut. Elle atterrit environ cinq centimètres plus haut. « Cette année je suis assez grand. Je peux vraiment aller là-dessus. » il revient précipitamment, m'attrape par la taille avec une rapide pression. « S'il te plaît, s'il te plaît, s'il te plaît, tu veux bien ? »

Je sais que je suis du genre intrépide, mais je n'aime pas les montagnes russes modernes, enfin, pas toutes. Les plongeons immenses et les chutes libres qui en résultent dans ces nouveaux manèges à sensation de pointe ne correspondent pas à ma définition du plaisir. Ils me rappellent un autre manège, plus traumatisant, plus dévastateur. Je regarde la structure de métal enroulée, adéquatement baptisée Viper.

Vue de mon angle, elle paraît plus grande que le Mont Everest et aussi mauvaise que le serpent dont elle porte le nom.

J'avale ma salive et je me tourne pour demander de l'aide à mon mari, mais son expression m'indique qu'il ne sera guère coopératif. Il pense que ma phobie est exagérée, que c'est de la dramatisation féminine et que je peux la contrôler si je me raisonne. Pas comme la sienne, physique, incapacitante, hors de toute masculinité. Mais je ne suis pas dupe. Dans l'emphase, mon mari secoue de nouveau la tête et mime des expressions de nausée. Mon fils aîné, qui souffre d'une maladie de l'oreille moyenne, se cramponne à son père comme une sangsue, son expression rebelle disant *Vous ne me ferez jamais monter là-dessus.*

« Bon, je pense que tu es assez grand pour monter... »

« Il ne montera seul dans aucun manège. »

Le ton de mon mari est catégorique, et son regard est déçu devant ma rapide capitulation.

« Je n'arrive pas à croire que tu l'envisages vraiment, Kate. Bryan est trop jeune pour monter sans la surveillance d'un adulte. Tu le sais. »

« Jack, tu as promis qu'il pourrait aller dans le grand huit. Seul. Il est assez grand maintenant. Ces gens sont plus conscients de la sécurité que moi. »

« Je n'ai jamais dit qu'il pourrait y aller seul. Il est trop jeune pour être responsable. » Ses yeux se levèrent au ciel, comme pour implorer de la patience. « Je n'arrive pas à croire que nous ayons ce genre de discussion. C'est toi, l'adulte ! »

J'ai envie de gifler mon mari. Il utilise toujours des échappatoires, m'acculant dans un coin, me forçant à décider en cédant à sa logique. Et le plus frustrant dans l'histoire est que, que je sois d'accord ou pas, à la fin c'est toujours de ma faute, ou à cause de mon manque de bon sens ou de ma sensibilité asphyxiante.

« D'ailleurs, il n'arrivera rien à Bryan s'il ne monte pas sur cette chose. Ce ne sera pas la fin du monde. » Le regard de mon mari s'adoucit. J'y reconnais de la condescendance paternelle. « Pourquoi ne pas aller voir le spectacle animalier ? »

Je dévisage mon mari. « Le parc ferme après le spectacle animalier. »

« Et alors ? »

Je regarde mon cadet. Ses yeux en amande sont rivés sur mon visage.

Il ressemble à un chiot qui mendie une friandise, se doutant qu'il n'en aura pas et essayant de ne pas paraître trop déçu. Ce ne serait pas la première fois.

« Je vais y aller avec toi, » lui dis-je, sachant que je vais le regretter. Je ne peux pourtant pas bafouer le besoin d'aventure de mon plus jeune fils. Pas à cause de mes peurs, ou de la couardise de mon mari.

« Tu vas le regretter, Kate. »

« Allons-y, Bryan. »

« D'accord ! »

Ne prenant pas de risques, mon fils me saisit la main et m'entraîne à travers l'entrée.

Nous nous précipitons à l'intérieur, la piste menant au manège s'enroulant autour du pied du monstre métallique. La foulée de mon fils me coupe le souffle. Enfin, nous rattrapons la file la plus courte dans l'histoire du grand huit. Mes mains se mettent à transpirer. Je sais que je suis en hyperventilation. Je me réprimande en silence. Je suis montée sur d'autres montagnes russes avec mon fils. Celles-ci pouvaient-elles être si terribles ? Ce n'est pas un ascenseur, qui plonge et s'arrête dans une secousse tous les quelques centimètres. Ce n'est pas un antre métallique qui m'emprisonnerait pendant des heures et des heures.

Le grand huit passe en rugissant sur notre gauche à une vitesse vertigineuse.

Ma réponse mentale est *Oh, merde*.

Mon fils est fasciné, agité, excité.

« Une bombe, » dit-il. « Trop sympa. »

Mes jambes se mettent à flancher comme nous approchons du point de non retour. Je bloque mes genoux et réussis à faire quelques pas.

« Tu es sûr que tu veux y aller ? » je lui demande encore. Le premier plongeon semble gigantesque, j'essaie d'oublier la claustrophobie, les secousses, les portes d'ascenseur bloquées en position ouverte, un numéro six décoloré dans une lumière assortie, encadré par des mâchoires d'acier béantes.

Mon fils cesse soudain de bondir d'excitation et se tourne face à moi.

« Tu as peur, maman ? »

Mon premier instinct est de laisser échapper la vérité : *Oui, mon fils, j'ai une trouille bleue*. Mais ma seconde pensée est que je ne communiquerai jamais ma peur à mes fils. C'est mon problème, pas le leur, et je ne suis pas sur le point de rompre avec cette habitude en leur racontant la panne d'électricité de New York où j'étais restée coincée dans l'ascenseur de mon immeuble avec une boîte d'allumettes pour tout réconfort. Quatre heures dans un cercueil qui glissait verticalement. Mon mari balaie ma peur : cela s'est produit il y a longtemps. J'aurais dû avoir surmonté cela à présent. Je regarde de nouveau mon fils. Comment puis-je gâcher sa première expérience dans un manège d'adultes ? Après tout, c'est son rite de passage.

« Nan, » réponds-je à la place, en prenant encore une profonde inspiration.

« Tu es sûre, maman ? Si tu ne veux vraiment pas y aller, je comprends. »

Je lui tapote le nez avec mon doigt et je souris. « Je suis partante, si toi aussi. »

Il me serre très fort. « Merci, maman. »

Faisant une pause au tourniquet pendant que mon fils le franchit à la hâte, je regarde les doigts de métal rotatifs puis lève les yeux vers ce qui est visible du manège. J'hésite, mes entrailles se tordant dans un spasme nerveux. *Je peux le faire. Je peux.* Je me glisse au travers à regret, les muscles du ventre contractés, la peur m'étreignant la gorge. Là devant, mon fils se dirige vers la zone d'attente où il est indiqué « usagers des premiers sièges uniquement. » Je me précipite vers lui, l'attrape par le T-shirt, et le tire en arrière.

« Oh non, pas sur les premiers sièges. »

« Oh, maman. »

« Non. Pas question. »

Je le dirige vers une autre zone d'attente. Il a l'air déçu, mais ne proteste pas. Pour le moment, c'est tout ce qu'il obtiendra.

Notre tour arrive trop vite. Un adolescent silencieux et indifférent ouvre la porte et désigne nos sièges. Avec le même air de monotonie ennuyée, un autre adolescent nous emprisonne sous des crochets d'acier rembourrés de mousse. Dans son euphorie, mon fils étreint le guidon rembourré et saute sur son siège comme sur un tremplin. Je vérifie pour la dixième fois les barres qui me maintiennent en sécurité et m'y cramponne comme si ma vie en dépendait.

Le grand huit s'ébranle dans une secousse. Nous montons. Je regarde autour de moi, puis décide d'y renoncer. Mon estomac fait des embardées. L'ascension semble ne jamais devoir s'arrêter. Tandis que nous nous élevons dans un cliquetis, je me demande quand est-ce que cela va commencer. Une autre voix intérieure me rappelle méchamment que nous allons plonger de toute la hauteur que nous aurons montée.

Ma salive s'assèche dans ma bouche.

À présent, à mi-hauteur, la brise du crépuscule semble froide. J'enlève ma casquette de baseball ainsi que celle de mon fils, les mets en sécurité sous mon derrière, et j'essaie de me ne pas m'appesantir sur le plongeon qui nous attend.

« Regarde, regarde, maman, » crie-t-il, bien que je l'entende parfaitement. « On vole. »

Il étend ses deux bras et les agite comme un oiseau. Je lui attrape les deux bras et les rabats sur les barres.

« Arrête, » lui ordonné-je, tentant d'ignorer la vue qui se rétrécit au-dessous de moi. « Tiens-toi bien. » Je me tourne pour faire face au ciel qui approche, et je suis mon propre conseil. Mais mon estomac est noué comme une brique, et tout mon corps est parcouru de tremblements. Je tire sur les barres de ma prison d'acier temporaire avec l'envie de me fondre en elles, de devenir aussi rigide qu'elles. Je veux sortir, et je ne peux pas.

Finalement, le grand huit atteint le sommet. Le ciel nous accueille. Nous planons pendant une seconde, pendant un instant. Je regarde en bas.

Oh. Mon. Dieu.

La gravité nous pousse. Le grand huit plonge. La chute libre s'empare de mon corps. Mon estomac se comprime, se soulève. Nous plongeons. Le vent fouette ma peau découverte. Les muscles de mon visage ondulent en vagues minuscules. Mon estomac semble collé à ma bouche. Je me blottis pour voir si cela améliore l'effet de nausée. Mais rien à faire.

Nous prenons un virage. Les jambes de mon fils heurtent mon corps. Je me cramponne aux barres rembourrées. Il rit. Je hurle. Nous virons dans l'autre sens. Je suis comprimée contre les barres qui m'emprisonnent. Ma peau vibre à présent. Mes cheveux fouettent mes yeux, mes oreilles et ma bouche comme un millier de fouets minuscules. Mon esprit hurle désespérément *Je veux descendre ! Je veux descendre !*

Mes cris deviennent plus forts.

Nous faisons une embardée. Le grand huit gravit une autre montée dans un rugissement. Il plonge. Les roues au-dessous font un bruit de tonnerre, le vent emporte mes cris. Nous prenons à toute allure un virage plus serré. Plus vite. Plus vite. Nous roulons à toute allure la tête en bas. Mon derrière se colle au siège. Nous tournoyons à des angles impossibles comme des astronautes en entraînement. Mon fils se penche en avant sous la force de la gravité. Je me blottis encore plus au fond de mon siège, les bras engourdis à force de me cramponner. Nous fonçons vers le haut d'une autre petite montagne. Nous retombons dans un rugissement. Nous sommes secoués. Nous ralentissons enfin. Le grand huit s'arrête en douceur.

La Bête est à l'arrêt.

« Fantastique, » hurle mon fils. Il écarte d'une poussée les fixations de métal et saute sur la plate-forme. J'ai envie de me pencher pour embrasser le sol.

« Maman, c'était le truc le plus génial, hein ? »

Je laisse tomber la casquette de baseball sur sa tête et prends une longue inspiration pour calmer mon estomac. Mes mains tremblent et mon corps a des velléités de tremblements convulsifs.

« Ouais, » je croasse.

« On peut le refaire ? S'il te plaît, s'il te plaît ? »

« Mon chéri, je... »

« Maman, s'il te plaît. C'est notre dernier jour. Ça va bientôt fermer. Et papa ne veut pas venir avec moi. Il ne veut jamais. Il dit que c'est idiot de faire des trucs comme ça, mais c'est parce qu'il vomit tout le temps. Je crois qu'il a peur. »

Je regarde mon fils avec étonnement. La vérité sort de la bouche des enfants...

« S'il te plaît, maman. Tu es la seule qui partage ça avec moi. S'il te plaît, maman, s'il te plaît ? »

Près de nous, proche de la sortie, j'aperçois mon mari qui nous fait des signes impatients.

« Venez, » crie-t-il. « Je veux voir l'exposition technologique avant la fermeture du parc. »

Je regarde mon fils dans les yeux, y lisant sa supplique, et pèse deux minutes de ma peur contre sa déception. Je me prépare et lui dit : « D'accord. »

Il me serre très fort et me donne un énorme baiser.

« Tu es la meilleure maman de toute la planète. Je t'adore. »

Perché sur une vague d'euphorie, il fait un signe de la main à son père et retourne à toute allure vers l'entrée.

« Hé, venez par ici, » crie mon mari. « Hé, qu'est-ce que vous faites ? »

Je lui fais un signe de la main. « On y remonte. »

Mon mari est stupéfait. Je souris.

Je suis mon fils plus lentement, soignant mon courage ébranlé, me persuadant que le deuxième tour ne serait pas aussi terrible.

Ouais, d'accord.

Les yeux débordant de bonheur et le visage rougi par l'excitation, mon fils revient vers moi précipitamment. Il me serre encore une fois farouchement et me prend par la main. Je lui serre la main et je le suis à travers les boucles interminables et le tourniquet.

Je me mets de nouveau dans la file, avec un profond soupir.

LES CHANTS DE L'ÂME

(Récits de la diaspora cubaine)

L'AQUARIUM *

(* Finaliste au concours Carried in Waves en 2015 à l'Université de Cork, Irlande)

MATILDE ÉTAIT ASSISE à côté de sa mère de la même manière, sur la même chaise et dans le même coin qu'une heure auparavant, le vinyl gondolé du coussin de la chaise échauffant ses petites cuisses. Son dos était parfaitement parallèle au dossier de la chaise à peine cinq centimètres derrière elle, et la jupe d'organza qu'elle portait, de couleur vert délavé, bouillonnait autour de ses jambes, la couleur offrant un contraste pitoyable avec le jupon d'un blanc éclatant en dessous. Elle essayait de ne pas bouger, à l'inverse des autres adultes dans la pièce qui bougeaient nerveusement dans un schéma kaléidoscopique. Sa poupée aussi imitait sa posture, son poids bosselant à peine sa propre robe verte amidonnée.

Matilde leva les jambes sans bousculer la poupée sur ses genoux et examina le dessus de ses ballerines de vinyl noir. Si elle regardait avec suffisamment d'attention dans les petits miroirs sombres, elle verrait se refléter sur la surface vernie l'image déformée et ténébreuse de ses chaussettes bordées de dentelle. Elle abaissa les jambes et pointa les pieds, vérifiant l'étendue du vide au-dessous d'eux jusqu'à ce que le bout de ses orteils tapotât le sol de dalles mouchetées. Cette action la détourna de son estomac nauséeux. Elle se sentait coincée entre les trois murs peints en vert militaire et le mur en verre pare-balles, mais elle ne protestait pas.

Sa mère l'avait mise en garde contre les dangers de remuer ou de jouer. Il ne fallait pas attirer l'attention.

Point final.

Son ventre protesta.

Matilde sentit le regard de sa mère et la regarda ouvrir son sac en vinyl en forme de boîte à pilules. Sa mère fouillait-elle à la recherche de ses bonbons favoris à la violette ? Elle l'espérait. Les pastilles d'importation, des petits carrés couleur lilas contenant un arôme français, étaient rationnées depuis un an comme un trésor volé, et chacune était soigneusement divisée en quarts pour faire durer le plaisir. Il n'en restait que trois. À présent, Matilde vit sa mère, qui veillait à ce que l'emballage ne se délite pas entre ses doigts, diviser la pastille violette dans l'ombre protectrice de son sac.

« Suce cela, *mi amor*. » Sa mère mit le bonbon carré, intact, dans la paume moite de Mathilde. « Je vais voir pour le déjeuner. »

La voix étouffée de sa mère parvenait à peine jusqu'à Matilde. Depuis l'année dernière, les conversations, transformées en chuchotements nerveux, étaient imprégnées d'un fond de peur et de désespoir. Les chuchotements s'étaient faits encore plus bas depuis qu'ils étaient arrivés ici à *la pecera*, la salle de rétention de l'aéroport. Un aquarium, avait dit sa mère – une prison temporaire où ils étaient maintenus en quarantaine comme des animaux malades. Sa mère n'aimait pas cette pièce. Matilde non plus.

Le doux attouchement de sa mère s'attarda sur son visage, et Matilde s'offrit à la caresse en inclinant légèrement la tête. La chaleur s'évanouit quand sa mère se leva et recula, le son étouffé de ses hauts talons éraflant les dalles sales du sol.

Il y eut d'autres chuchotements.

Essayant de ne pas attirer l'attention, Matilde déposa le bonbon carré sur sa langue, caressa et répandit dans sa bouche la saveur d'une extrême douceur. Ses paupières se baissèrent, dissimulant le regard qu'elle jetait d'un objet à l'autre dans cette pièce confinée chaude malgré la climatisation détraquée. La tache de moisissure dans le coin inférieur du mur qui lui faisait face avait tavelé la peinture comme de la varicelle et jouait à cache-cache avec les affreuses chaussures orthopédiques marron de la vieille dame assise sur la banquette. Une mince fissure entachait les coussins sales couleur citrouille de la banquette fatiguée dont des touffes grises de rembourrage tentaient de s'échapper. La dame importante, une actrice, avait-on dit à Matilde, si jolie dans son chemisier noir, ses bas assortis et ses hauts talons, tournait en rond au milieu de leur espace clos, un manège humain qui ne menait nulle part.

Sa salive, maintenant chargée de la richesse de la violette, apaisa son estomac et sa nervosité. Elle entendit sa mère parler dans des chuchotements agités tandis que d'autres adultes gravitaient vers elle. La dame importante se joignit au groupe, sa robe neuve contrastant avec la robe fatiguée de sa mère. Matilde eut envie de soupirer, mais se contenta d'une expiration silencieuse. La robe bustier d'été simple, en coton bleu, que portait sa mère ressemblait à un ciel délavé, mais elle était impeccablement empesée et était propre. Sa mère insistait farouchement là-dessus, la dignité et la propreté devaient prévaloir, surtout dans ces moments difficiles. Du reste, s'ils portaient leurs plus beaux vêtements, ils n'en attireraient que davantage l'attention, ce qui serait malvenu. Il ne fallait pas que cela se produise.

Les chuchotements des adultes se solidifiaient dans l'air vicié, s'écrasant contre les oreilles de Matilde, puis s'éloignant.

« ...ne peuvent pas distribuer de nourriture. »

« Rien. Ils ne lui ont rien laissé. »

« Jeune homme, enrôlé. À seulement quatorze ans. »

« Son père... Oh, mon Dieu ! »

« Trahi. Sa propre fille. »

« ...blessé, en essayant d'embarquer dans l'avion. »

« Vingt ans. Pourquoi ? »

« ...pour avoir maudit les responsables. »

« ...ont trouvé un collier de perles... dans la doublure de la valise. »

« Fouillée au corps. Devant son mari. »

« Les salauds. »

« Les salauds. »

Matilde lissa le velours frais de la robe de sa poupée avec la précision méticuleuse d'une adulte, veillant à ne pas froisser le tissu bleu, ajustant la jupe comme il fallait. C'était une belle poupée Blanche Neige, fabriquée en Suisse, avec un visage lisse en porcelaine, des yeux ronds innocents, des joues roses, et une moue en guise de sourire. Un héritage familial, qui était passé de mère en fille depuis quatre générations.

Matilde berçait sa poupée, la serrant tendrement contre son sein, et lui chantait des chansons dans un filet de voix à peine audible dans l'air recyclé. Ses jouets, ses robes et ses livres aux magnifiques illustrations lui manquaient. Son papier peint rose avec des danseuses lui manquait, ainsi que sa bicyclette et sa chaise à bascule grinçante. Mais sa mère ne cessait de dire que c'était une triste époque. C'est pourquoi tout ce qui pouvait être transporté avait été sorti clandestinement de leur maison et distribué aux quelques parents qui avaient insisté pour rester à Cuba. Encore hier, Matilde était assise sur la ménagère de couverts en argent de sa mère sur le siège arrière de leur Fiat noire. La boîte qui abritait l'argenterie s'était enfoncée dans l'arrière de ses cuisses dénudées, pendant que le garde qui avait été mis en poste un an auparavant à la périphérie de leur voisinage avait méticuleusement fouillé le coffre de la voiture. L'homme ne s'était jamais douté que le jupon de Matilde dissimulait un trésor en argent sous une couche de tulle léger et d'étoffe qui démangeait. Et avec à la fin un *buchito de café* que sa mère avait eu la prévenance d'apporter au garde, ils avaient déjoué le milicien.

Le regard curieux de Matilde balaya encore la pièce, mais s'arrêta à la séparation en verre intimidante sur sa gauche. Si elle se concentrait sur la cloison transparente qui les enfermait, elle verrait s'y refléter son image fantomatique, fragmentée par la circulation des personnes de l'autre côté. Elle se concentra sur une unique goutte de condensation qui descendait comme une larme sur la surface lisse, et se rendit compte que les chaussures n'y étaient pas. Elle eut envie de sourire, mais ne le fit pas, juste au cas où. C'était tellement horrible quand il était là, l'homme qui les observait de façon intermittente, son regard calculateur émettant une malveillance palpable et hypnotique. Quand il se levait de l'autre côté du verre froid, son ombre rampait à travers la vitre comme s'il était à la recherche d'une victime. Quand il l'aurait trouvée, il absorberait et digérerait son reflet fantomatique comme la baleine de Jonas. Personne du groupe ne le remarqua jamais, personne sauf elle.

Et à chaque fois qu'il se levait là-bas, on faisait sortir quelqu'un qui ne revenait jamais.

Matilde fut prise d'un frissonnement, mais elle s'immobilisa immédiatement. L'homme au regard vide était peut-être là, à attendre, inaperçu de l'autre côté de la vitre, ciblant encore leur groupe dépenaillé, le visage dénué d'humanité, leur lançant un regard avide.

Il ne fallait pas qu'elle remue. Elle devait rester tranquille.

La mère de Matilde revint et s'assit sans bruit à côté d'elle.

« Pas de déjeuner maintenant, » lui chuchota sa mère à l'oreille. « Tu peux attendre, *mi amor* ? »

Matilde hocha la tête. Sa mère l'attira à elle, serrant les épaules de Matilde jusqu'à ce qu'elles se replient comme un accordéon.

« Nous mangerons dans l'avion, » poursuivit-elle à voix basse, fredonnant presque. « L'hôtesse m'a dit que du jambon et des œufs nous attendront. »

L'eau vint une fois de plus à la bouche de Matilde. Ils ne s'étaient pas offert le luxe d'oeufs au jambon depuis que le gouvernement avait rationné la nourriture un an plus tôt et avait imposé des restrictions sur tout et pour tout le monde. Enfin, pas tout le monde. Avant qu'il s'enfuie lors de l'invasion de la *Playa Girón*, Matilde se souvenait que son père avait dit que les salopards du gouvernement avaient des quantités de nourriture. C'étaient tous les autres qui en manquaient.

« Ça te dirait ? » demanda sa mère.

Matilde hocha la tête et sourit à peine.

«Je préférerais un *tostada* et un coca, » avoua-t-elle. Le pain cubain tout frais, en tranches épaisses et noyé de beurre, était son préféré. Ainsi que la pétillance sucrée du soda qu'elle adorait. Sa grand-mère lui donnait toujours cela pour le goûter. Elle n'en avait pas eu depuis plus d'un an.

« Nous demanderons à *Papi* de t'en acheter quand nous arriverons à notre nouvelle maison. »

Matilde se blottit plus fort contre sa mère. « Nous allons y arriver ? »

Sa mère serra plus fort l'épaule de Matilde, mais ne dit rien. Elle ne pouvait pas.

La clarté diminua dans la pièce. Une ombre rampa sur la poupée de Matilde et elle sursauta, le cœur battant si fort que le devant de sa robe vibra. Elle regarda à travers la cloison de verre et vit les chaussures, puis l'homme. La frêle carcasse de Matilde frémit, secouant la poupée sur ses genoux. Il la regardait, ses yeux noirs fixés sur elle. De l'angle où elle se trouvait, ces yeux noirs semblaient dévorer les images au lieu de les refléter. Son instinct tendit les petits muscles de Matilde en vue d'une fuite, mais elle ne remua pas et ne bougea pas sa poupée. Elle cligna seulement des yeux. Et miraculeusement, l'homme ne s'attarda pas. Il s'éloigna juste, se fondant avec l'air et le monde extérieur au bord de la vitre impénétrable.

Matilde regarda fixement jusqu'à ce que ses yeux la brûlent, mais l'homme ne revint pas.

La seule porte de sortie de la pièce s'ouvrit. Un milicien entra, son treillis militaire se confondant avec la couleur des murs. Il eut une secousse de la tête de côté, et sa mitraillette tressauta dans la même direction.

« Dehors ! » Le regard du milicien rasa les murs. Il agita encore sa tête et sa mitraillette. « Tout de suite. »

Sa mère aida Matilde à ajuster sa jupe et son jupon, puis entrelaça ses doigts tremblants avec les doigts moites de Matilde. Elle marchèrent main dans la main, déplaçant doucement leurs chaussures sur le sol dur. La dame importante franchit le seuil la première, la tête haute, arrogante et provocatrice. Le personnel de la compagnie aérienne sortit ensuite, suivi par les personnes âgées. Personne ne fut arrêté. Personne ne fut enfermé. Le groupe se précipita le long d'un couloir sans fenêtres vers les seules portes visibles. Au-delà des vitres tachées des portes, Matilde vit l'image déformée du tarmac et de l'avion qui attendait.

Je vais voir Papi.

Il ne fallait pas qu'elle tressaille, qu'elle touche sa jupe, ou qu'elle remue maintenant. Elle devait se faire totalement silencieuse.

Les doubles portes s'ouvrirent. La lumière du soleil inonda le couloir. Matilde cligna des yeux et serra plus fort sa poupée.

L'ombre surgit, une force obscure parmi les odeurs de goyave mûre, de terre riche, de vapeurs d'avions et d'humidité. Le canon de l'arme du milicien les fit reculer et Matilde gémit. Sa mère lui serra la main. Ses doigts pâlirent autant que leurs visages.

Il était venu.

L'homme se tenait là, les pieds bien calés, face à Matilde et à sa mère, les observant avec un détachement analytique. Matilde entendait les battements de son cœur dans ses oreilles. De la sueur ruisselait, lui chatouillant le dos. Elle voulait se rapprocher de sa mère, mais ses petites jambes trépidaient. Si elle bougeait, elle trébucherait et bousculerait sa jupe.

« Jolie poupée, » dit l'homme, ses yeux sombres immenses, pupilles et iris se fondant dans une noirceur impitoyable. Il tendit le bras, un tentacule destructeur, vers Matilde. « Puis-je la voir ? »

La mère de Matilde lui donna un petit coup sur le bras, la rassurant un peu d'un sourire tremblant. Instinctivement, Matilde serra sa Blanche Neige contre sa poitrine. C'était son seul jouet, son jouet le plus précieux.

Matilde tendit lentement le bras.

L'homme dégagea soigneusement la poupée de la main de Matilde et l'examina aussi minutieusement qu'il les avait observées quelques moments plus tôt. Pendant que Matilde regardait, les lèvres de l'homme s'incurvèrent en un sourire cruel, un sourire satisfait. Il arracha les vêtements de la poupée, déchirant les coutures, arrachant les sous-vêtements, les manches, écartant les morceaux comme des confettis conquis. Il écartela ensuite la poupée, secouant son torse, fouillant à l'intérieur à la recherche d'un trésor comme si la poupée était une *piñata*.

Matilde regardait en silence. Des larmes jaillirent et tombèrent de ses grands yeux arrondis, sa petite main serrant les doigts de sa mère. Elle ne tressaillit pas, ne toucha pas sa jupe, ne remua pas. Matilde se contenta de rester là dans un silence désespéré. Pas le temps de murmurer des prières.

L'homme secoua la poupée une dernière fois, observa son ouvrage, et tendit la poupée cassée à Matilde, le regard inexpressif. Ce qui aurait pu passer pour du regret vacilla dans le regard de l'homme avant qu'il fasse demi-tour sans hâte pour disparaître dans le terminal de l'aéroport.

Le milicien mit fin à leur inertie en les poussant en avant dans l'avion. À l'intérieur, Matilde suivit sa mère jusqu'à leurs sièges et arrangea son jupon et sa jupe aussi méticuleusement qu'avant. Les portes se fermèrent, les scellant à l'intérieur. Elles attendirent. Les hélices toussèrent, prirent le vent et rugirent.

L'avion s'ébranla. Il roula un long moment, puis prit de la vitesse, et s'éleva avec elles jusqu'à toucher le ciel. Matilde regarda sa poupée blessée, toucha du doigt sa jupe déchirée. Puis elle fit de même avec sa propre jupe et ferma les yeux. Lentement d'abord, avec plus d'assurance ensuite, elle caressa l'organza vert, essayant de toucher le trésor qu'il recelait. Son doigt glissa sur le matériau frais. Pas de bosse, aucun changement dans la surface lisse, le double entoilage niché à l'intérieur du devant de sa jupe assurant le camouflage parfait pour le butin qu'il contenait : des devises, des centaines de billets lavés pour empêcher qu'ils crépitent et soient découverts. Des espoirs et des rêves d'avenir en doux billets de dollars verts.

Matilde ouvrit les yeux. Elle se tortilla sur son siège et mit ses jambes sous elle. Elle se pencha vers sa mère et souleva le corps brisé de sa poupée.

« *Mami* ? » demanda-t-elle à voix haute, son intonation exprimant sa souffrance. « *Mami*, on pourra la réparer ? »

LES BULLES NE FONT PAS RIRE

LE CLAC-CLAC de la Peugeot de mon père capta mon attention, contrairement au cours de géométrie dont mon tuteur discutait d'une voix monocorde ennuyeuse.

« Donc, Martica, » dit mon professeur. « Si un angle congru... »

« *Coño !* »

Mon professeur s'arrêta en plein discours, surpris. Je pouffai de rire en entendant les jurons bien sentis de mon père. Un bruit sourd s'ensuivit. Un raclement. La portière de la voiture claqua. D'autres coups suivirent, s'intensifiant. Les blasphèmes de mon père gagnèrent en vigueur et en couleur tandis qu'il se frayait un chemin à travers le garage.

« Putain de Dieu ! Elle va nous tuer, » cria-t-il. Un bruit de collision. « Silvia. Mamá ! »

En écoutant l'approche chaotique de mon père qui négociait le parcours d'obstacles qu'était notre garage, je comprenais son mécontentement. Ma grand-mère, Abue Cachita, thésaurisait, entassant son butin dans les endroits les plus inattendus de notre maison. Avant la révolution, l'obsession de ma grand-mère à détacher et accumuler les boutons avant de jeter une vieille chemise, ou sa manière de nous demander sans cesse de laver et d'entreposer chaque bocal de verre vide de marmelade que la famille consommait, ou son besoin d'acheter cinq paquets de saindoux au lieu d'un n'avait posé aucun problème. L'excentricité d'Abue suscitait presque toujours un bref *Qu'espérez-vous ? Elle a presque soixante ans,* ou provoquait des fous rires lors de réunions familiales. Mais à présent, un an et demi après la pire débâcle politique de l'histoire de Cuba, sa propension à accumuler était franchement dangereuse.

La porte du garage claqua. Mon père apparut, suffoquant. Il dirigea son regard sur moi sans saluer mon professeur.

« Martica. Où est ta mère ? »

Je le regardai bouche bée, sous le choc. Mon père n'avait jamais un cheveu qui dépassait, une chemise froissée ni des chaussures ou un pantalon souillés. Je le regardai depuis ses souliers à lacets à bouts renforcés perforés jusqu'aux taches de sueur sous ses aisselles, à son noeud de cravate desserré à la hâte, à sa chevelure ébouriffée. L'état de ses cheveux retint vraiment mon attention, m'indiquant l'état émotionnel de mon père.

« Martica ! »

Je désignai les portes de la cuisine par lesquelles ma mère et ma grand-mère avaient disparu une heure plus tôt, babillant sur leur dernière acquisition de produits américains interdits.

« Dans la buanderie, » répondis-je.

« Silvia ! » hurla mon père en franchissant précipitamment les portes battantes de la cuisine.

« Qu'est-ce qui se passe, à votre avis ? » demandai-je à mon tuteur.

Mon professeur secoua la tête. Fascinée, je regardai sa lèvre supérieure distiller des gouttes de sueur qui grossissaient sa peau. Sa pomme d'Adam frémissait, et il hésitait entre être assis ou debout, le corps à moitié hors de son siège dans les limbes de l'indécision.

Je pris mon crayon et prolongeai une bissectrice d'un angle sur mon cahier, traçai des tangentes supplémentaires et ombrai les espaces à l'intérieur, veillant à ne pas utiliser trop d'espace sur mon cahier. Mille neuf cent soixante-et-un s'avérait une année merdique. Mon quinzième anniversaire, précisément dans deux mois en juin, serait fêté à la maison avec seulement un gâteau. Et je ne voulais pas d'un simple gâteau fait de farine de manioc au goût fade. Je me fichais que ce fût le seul substitut disponible, ou que nous eussions la chance d'en obtenir deux fois par mois par le fils d'un fermier qui avait connu un voisin de mon arrière grand-père près de Las Villas. Je voulais mon bal de Cendrillon. Je voulais imiter Audrey Hepburn comme je l'avais vue dans ses films, être sous les feux de la rampe, une princesse en dentelle, une tiare dans les cheveux et une rose rose au creux de mes mains gantées. Je voulais ce que ma mère et ma grand-mère avaient eu. Je voulais attirer les regards des hommes, jeunes et vieux, je voulais sentir mon cœur battre pendant qu'ils me regarderaient avancer dans la salle de bal. Je voulais me réjouir de la stupéfaction dans les yeux verts sexy de Jose Luis, je voulais sentir mon ventre se contracter et mes nerfs picoter dans ma chair en le voyant assister à ma transformation de chenille du voisinage en papillon désirable.

Malheureusement, à l'inverse de Cendrillon, un méchant troll avait remplacé ma marraine la fée. Jose Luis était parti, enrôlé. Notre communauté de la plage en résidence surveillée était assiégée par des drones humains gouvernementaux qui faisaient le planton avec des fusils à la grille d'entrée avec l'ordre de protéger la propriété récemment acquise par l'État – à savoir tout ce que nous possédions. Pire, le revenu que mon père tirait de son usine de tabac, grâce à la prise de contrôle du gouvernement, ne valait pas plus qu'un paquet de chewing-gum.

« *Ay, Dios* ! »

L'intensité du gémissement de ma mère me fit sursauter. Le teint de mon tuteur devint gris.

Mon père entra dans la salle à manger, suivi de près par ma mère aussi pâle que mon professeur. Elle avait l'air d'une chanteuse d'opéra dans une scène de folie, ses mains empoignant ses cheveux.

« Emilio, qu'est-ce que nous allons faire ? »

« Je ne sais pas, » dit mon père. « Mais tu ferais bien de trouver quelque chose. Les contrôles aléatoires commencent dans vingt minutes. »

« S'ils trouvent ce que nous avons, ils nous enverront en prison. »

« Ou nous serons fusillés par un peloton d'exécution, » ajouta ma grand-mère.

« *Mamá* ! »

« Cachita ! »

« Abue ! »

« Vous courez comme des cafards qu'on a aspergés de DDT, » dit calmement Abue Cachita. « Sauf Gustavo. » Elle montra mon professeur, qui avait décidé que la chaise le soutiendrait mieux que ses jambes. Les gouttelettes sur sa lèvre supérieure s'étaient transformées en lac.

« Grands dieux, Cachita. » Le regard de ma mère courait de droite à gauche comme un pirate cherchant l'endroit parfait pour enterrer son trésor. « Comment peux-tu être aussi cruelle en un moment pareil ? »

« Si nous étions partis quand je l'ai suggéré, » répondit ma grand-mère, fixant mon père, « nous ne serions pas dans cette situation. »

Il rougit, du même rouge délavé que la jupe de ma mère.

Je roulai des yeux. Cette discussion était habituelle.

« Je ne partirai pas, et je ne ferai pas portes ouvertes pour cette bande de hyènes envieuses, *Mamá*. Je les enverrai d'abord en enfer. »

« Nous y sommes déjà, » répondit ma grand-mère. « N'oublie pas ton cousin, qui pourrit au fond d'une prison pour avoir distribué des tracts qui critiquaient le régime. Ou le sort horrible de la famille Fernandez. »

Mes jambes furent prises de tremblements subits. Luis Fernandez avait été trahi par son propre frère et fusillé par le peloton d'exécution. Personne de notre communauté n'avait eu de nouvelles de sa femme après qu'elle avait été traînée en prison. Et quant à Gisela, leur fille, eh bien je n'avais même pas envie de penser à elle. Être traînée de force dans un camp de travail au milieu de la Sierra Maestre n'était pas l'idée que je me faisais de sacrifier mes talents pour la révolution, surtout que la plupart des filles se faisaient violer et rentraient chez elle enceintes et émotionnellement détruites à vie.

« Il faut vraiment que tu ressortes ça, Abue ? »

« Oui. Il faut que tu sois forte, » me dit ma grand-mère, le regard triste.

« Ramon Fernandez a toujours été un enfoiré jaloux, » dit mon père en parlant du frère *chivato* de Luis. « Il n'a jamais travaillé à quoi que ce soit, mais s'arrogeait tout ce pour quoi son frère travaillait. »

« Comme la plupart des hyènes de Castro, » argumenta ma grand-mère. « La seule différence est qu'ils sont armés. Nous ne le sommes pas. »

Mon tuteur s'essuya le visage avec son mouchoir, mais effacer sa transpiration nerveuse était une bataille perdue d'avance. Je m'émerveillai devant les gouttelettes de sueur qui jouaient maintenant sans cesse à reliez–les–points sur son visage et sur son cou.

« *Mamá*, ce n'est pas le moment de nous disputer. Nous devons nous débarrasser de tes réserves. »

Ma mère s'arrêta de faire les cent pas. Les poings serrés contre sa taille et les jambes écartées, elle semblait prête à la bagarre – Wonder Woman en jupon. « Et comment proposes-tu que nous procédions, Emilio ? »

« Qu'on les distribue. Autant qu'on peut. » Mon père étendit le bras et attrapa Gustavo. Il le leva de son siège d'une secousse. « En commençant par vous. »

«Oublie ça, » dit ma grand-mère. « Je lui ai déjà donné une boîte. »

Mon père regarda mon tuteur, qui secoua la tête comme une frondaison de palmier agitée par une forte brise. Gustavo ouvrit sa serviette d'un millimètre pour montrer son butin. Le rabat familier rouge, blanc et bleu de la lessive FABuleuse Colgate pointa à travers l'ouverture.

« Et Adela ? » dit mon père.

« Elle en a pris hier soir, » répondit ma mère.

« Et elle nous a donné un demi rouleau de papier sulfurisé, » ajouta ma grand-mère.

Le regard de mon père alla de ma mère à ma grand-mère. « Et Luisa ? »

« Elle n'avait pas besoin de FAB, mais je lui ai donné des légumes en conserve contre une livre de riz de Valence. »

Mon père se laissa tomber sur la chaise la plus proche. « Les Sagastumes ? »

« Ils ont obtenu leurs visas hier. Ils seront partis d'ici le week-end. Ils ne peuvent rien ajouter à leur inventaire : ils ont déjà été auditionnés par les miliciens. »

« Et les Lorenzos, Cachita ? » demanda mon professeur.

« Je ne donnerais même pas l'heure à ces *chivatos*. Si l'air n'était pas gratuit, ils iraient rapporter au premier Comité de Barrio que vous le respirez. »

« *Mamá*. » Les doigts de mon père sillonnaient sa chevelure. « Pepe ? »

« Je lui en ai échangé contre du lait en poudre. »

« Benito ? »

« Sa femme fait elle-même de la lessive. »

« Yeya ? »

« Je lui ai donné une demi boîte en échange d'oeufs. »

« Jusqu'à ce que le gouvernement lui prenne ses poules, » ajouta ma mère.

Je vis mon père rougir, sa tension artérielle atteignant des sommets à chaque réponse.

« *Carajo*. Depuis quand sommes-nous devenus un foutu comptoir d'échange ? » Mon père pressa ses mains contre son visage. « Nous sommes morts. »

« Et si nous mettions tout dans la citerne ? » suggérai-je.

« Flora m'a dit que les miliciens ont découvert que les Hidalgos utilisaient la leur pour entreposer leur café, leur riz et leur papier toilette, » dit ma grand-mère. « Maintenant ils inspectent toutes les citernes au cours de leurs perquisitions. »

Ma mère frappa des mains, pour attirer l'attention de tout le monde. « Je sais. Creusons un trou dans la cour, à l'arrière des plantains, et enterrons-y les boîtes. »

« Autant placer un panneau disant : *Fouillez ici,* » dit mon père, se tapant le front avec le bas de la paume comme s'il tapait à la porte de son cerveau pour quémander des idées. « Le sol fraîchement remué nous trahirait de façon flagrante. »

« Et si nous les versions dans les canalisations ? »

Nous nous tournâmes vers ma grand-mère.

« Il nous reste quatre boîtes pleines, » dit-elle. « Gardons-en un peu et jetons le reste. Les autres affaires ont leurs propres cachettes. »

Je regardai ma grand-mère avec un respect forcé. Les preuves qui pourraient nous envoyer en prison se dissoudraient et partiraient dans la fosse septique. Les miliciens viendraient et repartiraient sans s'en douter.

« Et pour l'odeur ? » Mon père renifla le chemisier de ma mère fraîchement lavé et émit un bruit appréciateur. Il adorait les vêtements propres. « Toute la maison va puer comme une savonnerie. »

« Et si je fais frire les croquettes ? » proposai-je. « La cuisson va couvrir l'odeur. »

Abue Cachita me serra dans ses bras. « Formidable. Simplement formidable. Mais fais frire celles qui sont faites avec cette horrible viande en boîte russe. »

« Fais aussi du café, » me dit ma mère. « L'arôme détournera leur attention. »

« La boisson et la nourriture gratuites feront davantage diversion, » répliqua ma grand-mère.

« Gustavo, vous feriez bien de rentrer chez vous, » dit mon père. « S'ils vous trouvent ici... »

Ma mère, qui avait l'esprit plus pratique, désigna la porte d'entrée. « Gustavo, dehors. » Elle se tourna vers moi. « Monte à l'étage et prépare-toi. »

Je rassemblai mon livre, mon crayon et mon cahier et fourrai le tout dans le sac de papier froissé qui les protégeait de la terre du bac à plantes. Je soulevai la fougère luxuriante de son logement ressemblant à un bain-marie, y déposai le sac, et remis la plante à sa place. Avec de rapides caresses, je réarrangeai la terre et le feuillage déplacés, puis montai les marches carrelées quatre à quatre.

Dans ma chambre, je courus vers le placard et choisis la jupe la plus miteuse que je possédais. Faite d'étoffe épaisse teinte en noir pour dissimuler les taches et l'âge, la jupe était le camouflage parfait pour mon bermuda. Le chemisier qui cachait mon haut en élasthanne en forme de tube était l'un de mes préférés : un chemisier kaki à manches courtes de style safari que j'utilisais à chaque fois que ma famille allait à la chasse au canard avec mon oncle. J'enlevai mes ballerines de cuir et les envoyai promener dans les recoins obscurs de mon placard, attrapai l'une des chaussures orthopédiques faites sur mesure près de mon lit, la laçai, puis entrepris avec concentration d'ajuster l'attelle d'acier et la chaussure sur mon autre jambe. Je détestais cet appareillage : les lanières de cuir, celles qui maintenaient en place les tiges de métal, irritaient ma peau. La friction provoquait souvent des cloques. Je ne pouvais pas marcher sans avoir des crampes musculaires provoquées par cette entrave, et j'avais mal au genou après avoir délivré ma jambe de cette torture physique injustifiée.

Mais une image de Gisela me vint à l'esprit. *Radio Bemba*, notre gazette locale, avait relaté en détail le sort de la pauvre fille après son départ forcé pour la campagne. Yeya, qui avait un cousin près du village où Gisela avait fini, nous avait donné il y a deux jours des détails horribles sur le sort de cette fille. Pendant que Yeya échangeait du porc frais du petit ranch de son cousin contre deux boîtes de lait condensé, de l'huile d'olive et une boîte à pilule de poudre Elizabeth Arden que ma grand-mère avait cachée dans la cheminée, elle raconta l'histoire de la voisine timide âgée de quatorze ans, qui se promenait dans le village avec un ventre rond comme une pastèque. Elle avait été victime de viols collectifs par les personnes mêmes qu'on l'avait forcée à alphabétiser.

Je serrai plus fort la lanière de cuir et descendis en boitillant l'escalier en colimaçon.

Dans la cuisine, je pris un cube de gras dans le cellier, en coupai un quart et le jetai dans une poêle. Tandis que le gras fondait, le *Je n'y crois pas* de mon père sortit de la salle de bain située entre la cuisine et la buanderie. Son commentaire suivant se noya dans le bruit de la chasse d'eau.

Je choisis huit croquettes sur le plateau dans le freezer et j'entendis un gargouillis. Un autre bruit de chasse d'eau. Depuis la buanderie, les doléances de ma mère rivalisaient avec les bruits de chasse d'eau répétés. « Cachita, ça ne se dissout pas assez vite. »

« Verse encore de l'eau, » la persuada ma grand-mère.

Créant une hypoténuse avec ma jambe entravée, je me penchai pour récupérer le cône en étamine pour le café.

« Martica, » brailla mon père. Le couvercle de porcelaine heurta le réservoir des toilettes. « Vérifie dehors. Personne ne vient ? » De nouveau la chasse d'eau.

Le percolateur à café à la main, je boitillai jusqu'aux fenêtres au-dessus de l'évier. La rue était déserte. Le seul mouvement provenait de la brise paresseuse qui peignait les frondaisons des cocotiers qui bordaient notre trottoir.

« Non, » criai-je en retour. Je tassai le café moulu dans le cône en étamine, remplis un pot d'eau et la mis à bouillir. Le gras avait fini par fondre.

« Ici, Cachita, » entendis-je ma mère dire depuis la buanderie. « Verse la moitié et mets le linge sale par dessus. » Des cliquetis creux suivirent. De là où je me tenais, le bruit ressemblait à des raclements d'ongles et à des bagues heurtant le tambour d'acier du lave-linge. Ma mère et ma grand-mère poussaient probablement la poudre de lessive dans les trous.

J'envoyai une goutte d'eau dans la graisse liquide. À peine un bruit. Mon père fila près de moi à toute allure, tenant une boîte de détergent comme un ballon de foot, laissant dans son sillage une litanie d'impré-cations.

Ma grand-mère traversa la cuisine en courant. La chasse d'eau fut actionnée successivement deux fois dans la salle de bain à l'étage. Abue revint précipitamment avec deux autres boîtes de détergent coincées sous ses bras. Elle en planta une près de l'évier de la cuisine.

« Quand tu auras fini, verse ça dans la canalisation. » Elle sortit dans la cour.

Curieuse, je clopinai jusqu'à la porte ouverte. Abue était déjà à notre évier d'extérieur, plaçant la lessiveuse en zinc en équilibre sous le robinet. Elle la remplit d'eau et y remua une dose de poudre. Avant que le déter-gent se dissolve, elle versa soigneusement le liquide dans la canalisation. Je regardai la petite cascade qui débordait de la lessiveuse, pensant que les petites particules blanches dans l'eau claire ressemblaient à des flocons de neige imprimés dans de la glace mouvante.

« Martica. Où as-tu la tête, *hija* ? »

Je pivotai, perdis l'équilibre, et me cognai contre l'encadrement de la porte. Je me mordis l'intérieur de la joue pour m'empêcher de jurer à voix haute.

« Combien de fois t'ai-je dit de ne pas laisser de l'huile bouillante sans surveillance ? » Ma mère attrapa deux maniques près du fourneau et retira la poêle de la source de chaleur. « Un incendie est bien une chose dont nous nous passerions. »

« Mais enfin, pourquoi n'ai-je pas pensé à ça ? » dit ma grand-mère, me tapotant la tête avant de s'approcher de l'évier de la cuisine. Elle se dressa sur la pointe des pieds, étira sa frêle silhouette par-dessus le comp-toir aussi près possible de la fenêtre, et jeta un coup d'œil à droite et à gauche, tel un oiseau à la recherche d'insectes. « La solution à la préoc-cupation d'Emilio pourrait être de tout brûler. »

Pour toute réponse, de l'eau gargouilla dans la salle de bain à l'étage.

« Et ça nous enverrait quand même en prison. » Maman enfonça un couteau de boucher au milieu de la boîte en carton de détergent sur le comptoir et découpa un long rabat sur le dessus. Elle arracha le couvercle et versa un tas de poudre dans l'évier.

Je plaçai quatre croquettes dans la poêle, détournai le visage et comptai jusqu'à cinq. Comme prévu, l'odeur de la viande en conserve russe envahit l'atmosphère. J'essayai de ne pas avoir de nausée avec la pestilence suffocante de semelles sales, et m'efforçai de respirer par la bouche, retournant rapidement les croquettes pour qu'elles roussissent plus vite.

« *Dios*, » dit ma mère, la voix empreinte de dégoût. « Mais qu'est-ce que ces Russes peuvent bien utiliser comme viande ? »

« Je ne veux pas le savoir, » répondit Abue. Je vis ses doigts s'activer à racler l'excédent de détergent vers la canalisation.

Je piquai une croquette avec une fourchette et la déposai sur le bout de papier déchiré du sac de courses que j'avais étalé sur une assiette pour absorber la graisse. La croquette chuinta et retomba comme un soufflé. J'en repêchai une autre dans la graisse bouillante et en mis d'autres à frire. Prudemment, je reniflai l'air. La puanteur était supportable. Je respirai avec précaution.

« Eh bien, ça m'est égal que les miliciens mangent cette fournée, » dis-je en ne m'adressant à personne en particulier.

J'entendis de l'eau jaillir du robinet de l'évier.

« Au moins nous ne nous empoisonnerons pas, maintenant que nous savons quelles conserves sont mauvaises, » dit ma mère.

Ma grand-mère renifla plus fort que les grésillements des croquettes dans l'huile bouillante. « Nous ne serions pas dans cette impasse si Emilio m'avait écoutée. »

Je regardai ma grand-mère. Elle versa encore du détergent dans la canalisation, ajouta de l'eau, et fit descendre le tout avec la ventouse.

Un bruit de chasse d'eau, suivi d'un bruit métallique et d'un juron, parvint jusqu'à nous.

« Cachita, si Emilio ne se bat pas de l'intérieur pour nos droits, qui le fera ? D'ailleurs, tout le monde en a marre de cette situation. Ça ne peut plus durer. »

« Tu as parlé pour la postérité, » dit ma grand-mère en continuant de racler le détergent qui adhérait à présent obstinément à l'émail de l'évier.

De l'huile bouillante jaillit de la poêle et atterrit sur mon bras. Je sursautai, perdis l'équilibre et me cognai contre la poignée du tiroir. « *Coño*, » chuchotai-je en me frottant la cuisse et en retrouvant mon équilibre.

« J'ai entendu, » dit ma mère dans une prouesse auditive aiguë digne de Superman.

Je retournai à ma friture, prélevant des croquettes et les déposant sur le papier brun. Elles chuintaient et se dégonflaient, semblables à des cylindres concaves alignés en éventail. L'eau bouillante gargouillait. Je la versai sur le café, plaçai notre gobelet en fer blanc cabossé sous l'étamine, et laissai la pesanteur passer le café.

« Voilà, » annonça triomphalement ma mère. Une suite de légers tapotements qui sonnaient creux sur la boîte indiquèrent la fin du détergent. De l'eau s'écoula dans l'évier, et j'entendis quelqu'un remuer de l'eau. Je supposai que c'était ma mère. Mon regard captura un mouvement sur ma gauche. Mon père se précipita dans la cuisine, mais s'arrêta en plein élan. L'odeur de ces croquettes était plus puissante qu'un mur.

« Seigneur Jésus. Ces trucs puent vraiment. »

« Nous pourrions nous régaler de vraies croquettes de jambon si... »

« *Mamá*, ça suffit. Je ne... »

« Cachita ? »

Nous nous retournâmes en même temps. J'étais sûre que ma propre expression ressemblait à la panique aveugle qu'exprimait le visage de ma mère.

« *Coño*, Mirta, » et la voix de mon père couvrit le bruit de friture. « Ne nous effrayez pas comme cela. »

Tout le monde se détendit simultanément.

Mirta se tenait dans l'encadrement de la porte, deux bacs à plantes de différentes tailles nichés au creux de son bras gauche et deux noix de coco au creux de son bras droit. C'était une voisine dont la maison était à un bloc de la nôtre. C'était une farouche *gusana* et elle n'hésitait pas à dénoncer les bouchers de Castro à chaque fois qu'elle le pouvait. Mon père disait toujours que son franc-parler (et l'opération impressionnante de marché noir de fruits et de légumes qu'elle menait) amènerait bientôt

Mirta en prison. Ce qui signifiait que sa ferme de Pinar del Rio, que sa famille possédait depuis plus de cinq générations, serait confisquée par le régime de Castro et transformée en une *comunidad agraria* (une communauté agricole) dont les produits seraient sous le contrôle des larbins du gouvernement et utilisés pour la consommation exclusive des membres de l'élite du Parti, des expats russes, et des touristes canadiens.

Pas pour nous, les citoyens cubains.

« Qu'est-ce qui se passe avec les noix de coco ? » demanda Cachita.

La tête de Mirta se tourna de droite à gauche. Satisfaite que son inspection sommaire n'ait pas révélé d'oreilles indésirables à proximité, elle posa les bacs sur le sol. Je regardai avec curiosité. Mirta avait pris deux boîtes de fer blanc, couramment utilisées par les *maniceros* pour transporter leurs *cucuruchos* de cacahuètes grillées dans La Havane, et les avait transformées en bacs à fleurs de fortune. Elles faisaient d'excellentes cachettes. Nous en utilisions quelques-unes pour dissimuler les bas nylon préférés de ma mère et les sacs de Café Pilon de la famille.

« J'ai besoin d'aide pour les planter. » L'estomac de Mirta se souleva quand elle se redressa. Les noix de coco sur son bras droit saillaient comme si elles poussaient un soupir.

« Gustavo a dit que vous aviez peut-être de quoi les remplir pour que les noix affleurent au bord ? »

Mirta fit un clin d'œil.

Sans se faire prier, Abue Cachita plongea une main près de la poubelle, attrapa deux sacs en papier pliés dans sa cachette, et en déplia un. Une seconde plus tard, une cascade de flocons de détergent neige tomba au fond du sac, la senteur fraîche se dégageant près de moi, bloquant l'espace d'un instant l'odeur des croquettes.

Je respirai, puis respirai encore avant que la puanteur de la friture pût relever sa tête toxique pour venir à bout du parfum du détergent.

Ma mère se remit de sa paralysie.

« Emilio, » ordonna-t-elle. « Va jeter le reste du détergent. »

Mon père regarda la boîte sous son aisselle comme si elle y était apparue par magie. Il pivota et se précipita à la salle de bain.

Ma grand-mère ouvrit l'autre sac de papier et répéta le processus de remplissage avec du détergent. Pendant ce temps, ma mère fouillait à la recherche de la boîte de papier d'aluminium dans un tiroir de la cuisine.

Elle referma sur lui-même le sac rempli et le recouvrit du film protecteur. Cela maintiendrait le contenu à l'abri de la moisissure et de la terre pendant le temps qu'il y serait caché.

Cela faisait partie de la routine chez nous.

« Quelles sont les dernières nouvelles ? » demanda Abue.

« Je ne sais pas, mais il se passe quelque chose. Le poste de garde a été une vraie fourmilière aujourd'hui. »

« Quelqu'un du Comité de Barrio a-t-il trahi la famille Sagastume ? » demanda ma grand-mère, préparant le deuxième sac qu'elle avait rempli pour que ma mère puisse le recouvrir d'aluminium. « Rolando a vu Lidia Lorenzo fouiner autour de leur maison hier soir. »

« Pensez-vous qu'elle les a vus sortir clandestinement des meubles de leur maison ? » demanda ma mère. « Je sais qu'ils avaient projeté de les laisser à des membres de leur famille qui restent ici. »

« Je ne sais pas, » dit Mirta. « Je pense que c'est quelque chose de plus important. Peut-être que les rumeurs d'invasion sont vraies ? »

Ma mère se signa. « *Ojalá*. »

Nous l'espérions tous, pensai-je, bien que nous n'eussions guère d'espoir puisque les rumeurs d'une armée d'invasion étaient aussi régulières que les vagues qui s'abattaient sur le rivage sans rien apporter. Mais hier, le présentateur de Radio Libre Europe avait rapporté que des patriotes cubains lançaient une contre-offensive pour arracher le pouvoir sur l'île à Castro et ses chacals. Si c'était vrai, réellement vrai, nous serions sauvés de l'enfer que Castro et ses larbins sadiques avaient créé dans nos existences.

Un bruit de moteur surgit au loin et une voiture dépassa notre maison. Des pneus crissèrent comme elle tournait trop rapidement au coin d'une rue.

Je me figeai. Comme tous les autres.

Dehors, les frondaisons s'entremêlaient avec force. Le café coulait goutte à goutte dans le gobelet comme un robinet qui fuit. L'huile émettait des gargouillis. Ma jambe démangeait sous les lanières de l'attelle. La sueur afflua sur ma lèvre supérieure, mais je ne la léchai pas. Je fixais seulement la partie rectangulaire du monde qui s'encadrait dans la fenêtre de la cuisine.

C'était vide.

« Vous pensez... »

« Martica, chut. » l'ordre fut émis sur quatre tons différents, avec la même urgence.

Silence.

Convaincue que l'ire du régime n'allait pas encore s'abattre sur nous, ma mère retourna à son occupation. Elle tapota une dernière fois l'aluminium qui cachait le butin de Mirta, les cala tous les deux sous son aisselle, ramassa les boîtes de fer blanc, emmena ma grand-mère et Mirta dans l'arrière-cour, et s'affaira.

« Si vous n'avez pas de drainage, ils vont se méfier, » entendis-je ma mère dire comme je l'apercevais en train d'agencer des petites pierres au fond d'une boîte en fer blanc. Elle attrapa l'autre pot. « Veille à remplir avec environ cinq centimètres de terre, Cachita. »

Ma grand-mère préleva de la terre près d'un *guanabana* et la déposa dans le pot, puis le donna à Mirta qui plaça ensuite à l'intérieur une feuille d'aluminium.

Le débat commença alors.

Je m'arrêtai de cuisiner pour jeter un rapide coup d'œil à ces femmes désespérées qui s'efforçaient de placer les noix de coco au bon niveau pour qu'on ne puisse pas détecter le trésor à l'intérieur.

Si ce n'avait pas été aussi dangereux, c'eût été digne d'une comédie de *Tres Patines*.

Je retournai la dernière fournée de croquettes et éteignis le fourneau. Ce qui se passait dehors était plus intéressant que de terminer ma tâche indésirable. De plus, la chaleur de l'huile cuirait ce qui restait.

Abue Cachita souleva l'un des pots. Elle secoua la tête.

« C'est trop lourd. » Elle regarda Mirta. « Vous n'allez jamais pouvoir rapporter ça chez vous à temps. »

Elles se tenaient comme un choeur de la Grèce Antique, prêtes à pleurer la chute de leur Troie cubaine. Leurs fronts se ridaient sous la concentration, et leurs expressions trahissaient qu'elles étaient prêtes à gémir sur leurs malheurs si aucune solution ne se présentait.

Ma mère battit des mains de satisfaction. « Martica, va chercher tes patins. »

« Quoi ? » Avais-je bien entendu ?

« Va... chercher... tes... patins. »

Je boitillai vers le garage aussi vite que mon attelle me le permettait, récupérai mes patins dans une boîte de rangement près de la porte d'entrée, et revins en clopinant.

Je tendis les patins à ma mère, qui avait déjà dénoué la corde à linge.

Mon père s'arrêta en allant à une autre salle de bain, vit les deux femmes lutter, et claqua sur le comptoir la boîte de FAB à moitié vide. « Je vais le faire. »

Les femmes sourirent à leur chevalier blanc. Tandis que ma mère maintenait un patin en place, mon père équilibrait le pot dessus. Ma grand-mère et Mirta utilisèrent la corde à linge pour maintenir le tout. L'autre pot de fleurs subit les mêmes avanies que le premier et fut arrimé à l'autre comme un frère siamois. L'attirail de Mirta, finalement mobile, pourrait être remorqué chez elle en toute sécurité avant que les perquisitions commencent.

« *Me voy*, » dit Mirta en guise d'adieu, poussant son trésor caché. Nul besoin de reconnaissance ni de remerciements.

Je murmurai une petite prière pour sa sécurité, sachant que ma famille faisait de même.

Je retournai à la cuisine, me rendant compte que je tenais toujours la fourchette que j'avais utilisée pour faire frire les croquettes. Je boitillai jusqu'au fourneau et regardai la poêle. Les croquettes que j'avais abandonnées avaient l'air de ballons dégonflés et brûlés nageant dans une mer de graisse liquide. L'huile poussa un dernier soupir, fit un rot pour libérer une bulle, presque dans une dernière protestation pour avoir dû souiller sa surface lisse avec ces choses écœurantes.

Un klaxon retentit. Une portière de voiture claqua. Des pas saccadés se précipitèrent dans notre direction, s'approchant depuis le garage.

L'horloge de la cuisine était en rythme avec ma respiration comme un métronome, ou alors étaient-ce les battements de mon cœur qui résonnaient si fort dans mes oreilles ? Je regardai mes parents et ma grand-mère, me demandant s'ils ressentaient comme moi des crampes dans le ventre. Ma mère se tenait comme une statue de sel, une boîte vide de détergent serrée contre ses seins. La boîte bleue couvrait sa poitrine comme un bouclier ancien, les lettres en caractères gras inscrites sur le couvercle ressortant comme une fausse cotte de mailles.

La boîte de mon père, par contre, était écrasée entre ses mains comme un accordéon. Des petits résidus de paillettes blanches de détergent couvraient son pantalon et ses chaussures comme des pellicules, créant un petit halo autour de lui.

Je fis un moulinet avec la fourchette que j'avais utilisée. « Les boîtes, » chuchotai-je, horrifiée. « Les boîtes. »

Ma grand-mère désigna la poêle. « Les croquettes. »

Mon père trouva la force de déchirer sa boîte en petits morceaux à mains nues. « Sors la poubelle. »

Je pris les croquettes brûlées et les déposai à côté des autres. Celles-ci ne s'étaient pas aussi dramatiquement dégonflées que la fournée précédente.

Ma mère lacéra sa boîte de haut en bas avec un couteau, faisant des incisions parfaitement équidistantes, puis scia la boîte en deux. En la déchirant, elle fit tomber les morceaux par terre. Les débris ressemblaient à des pièces étranges d'un puzzle chaotique.

Ma grand-mère, se servant d'un torchon de cuisine comme d'un fouet, dispersa les paillettes sur le sol et sur les chaussures et le pantalon de mon père.

Je sortis la poubelle et délogeai le sac. M'étirant vers le bas autant que je le pouvais avec mon attelle, j'attrapai les morceaux de carton déchirés par terre et fis tomber le tout au fond du seau.

« Pas là, » dit mon père dans un sifflement d'urgence. « Jette tout en dessous des ordures. »

Je n'allais pas assez vite avec l'appareillage de ma jambe. Abue Cachita s'empara du sac poubelle et fit tomber son contenu sur le sol. Des épluchures de plantain, des citrons verts pressés avec du marc de café collé à l'intérieur, des os de poulet, des coquilles d'œuf cassées, des grains de riz, et quelque chose que je n'identifiai pas exactement se déversèrent sur le sol.

Je retournai le seau. Les morceaux de carton que j'y avais jetés en jaillirent et tombèrent dans le sac poubelle sale que ma grand-mère tenait ouvert. À quatre pattes à présent, mes parents et ma grand-mère remirent dans le sac les ordures éparpillées sur le sol.

Un murmure guttural de *Silvia*, qui s'annonçait avec un sens d'urgence, nous parvint.

Nous nous regardâmes tous. « On ne dirait pas les miliciens, » dit ma mère.

« On dirait mon tuteur, » chuchotai-je.

Une toux et un raclement de gorge insistant furent suivis d'un « Emilio » désespéré.

La voix de mon père sortit comme un croassement nerveux. « Pourquoi est-il de retour, bon Dieu ? »

Mon tuteur apparut et saisit l'encadrement de la porte de derrière. Sa poitrine se soulevait sous l'effort de sa respiration et son visage était baigné de sueur.

« L'invasion est réelle, » croassa-t-il. La crainte et l'espoir rivalisaient dans son regard.

Abue Cachita saisit la main de mon père. « Va chercher la radio. »

La sueur ruisselait à l'arrière de ma jambe, qui me faisait de plus en plus mal à chaque mouvement. Je m'excusai et boitillai jusqu'à la salle de bain. À l'intérieur, je délaçai le haut de l'attelle et soupirai de soulagement.

J'entendis des grésillements et la voix d'un présentateur : « *Nos vaillants miliciens, la première ligne de défense contre nos ennemis impérialistes, affrontent courageusement les mercenaires qui ont débarqué à Playa Giron hier soir...* »

J'inspectai ma jambe. Comme d'habitude, l'appareillage avait déjà entamé ma peau et les zébrures commençaient à démanger et à brûler. J'allai jusqu'au lavabo et mouillai du papier toilette. Avec de lents tapotements, je rafraîchis du mieux que je pus la zone autour des lanières.

Le présentateur de radio continuait d'une voix monotone. « *On n'a jamais vu un tel patriotisme. La décision de défendre à tout prix les droits souverains de notre pays triomphera. Nous ferons face à l'agression mercenaire cautionnée et organisée par les impérialistes Yankees, et nous la vaincrons et l'écraserons par le sang de nos martyrs.* »

Je répétai la méthode de rafraîchissement sur ma cuisse et jetai le papier froissé dans les toilettes.

« *Notre glorieux Comandante est sur les lignes de front. Il ne battra pas en retraite face à l'ennemi qui menace de détruire notre glorieuse révolution.* »

Je tirai la chasse d'eau et entendis un léger bruit. Un gargouillis.

Qu'est-ce que c'était ?

J'écoutai encore une seconde, mais la salle de bain était silencieuse. La voix du présentateur s'élevait et retombait en une courbe sinusoïdale d'enthousiasme et d'idolâtrie servile à la révolution. Je retournai en boitillant à la cuisine où les choses n'avaient guère changé depuis que je l'avais quittée : des adultes autour de la radio comme autour d'un feu de camp, les visages éclairés par l'espoir et la crainte.

La sangle de ma jambe brûlait ma peau tandis que j'approchais. Je ne simulais plus l'inconfort. Je serais à l'agonie avant la fin de la journée.

« *Les traîtres à la révolution ont été encerclés et enfermés comme les animaux qu'ils sont. Les écoles, les stades et les prisons débordent de ces hyènes. Mais le marteau de la justice révolutionnaire va étouffer toute opposition.* »

Nous nous regardâmes.

« *Pas de pitié. Pas de quartier. L'ennemi est encerclé, et bat en retraite. Adelante, Cubains. Marchez vers la victoire. Les impérialistes Yankees ne peuvent se mesurer à nos avions et à notre détermination. Notre révolution triomphera.* »

« Nous ne serons pas sauvés, n'est-ce pas ? » Cette voix rauque et étouffée était-elle la mienne ?

Ma mère se retourna. Ses beaux yeux étaient baignés de larmes contenues.

« Non. » La voix de mon père était un murmure douloureux.

« Emilio... » La voix de ma grand-mère résonnait d'un million d'espoirs engloutis par un abîme de fatalisme. La frêle silhouette de mon tuteur se mit à trembler sous la force de ses pleurs silencieux.

La défaite marquait le regard de mon père. « Gustavo. Retournez auprès de votre famille. »

Mon tuteur acquiesça de la tête et tapa sur l'épaule de mon père. Le bruit de ses pas qui s'éloignaient avait des échos de défaite, ceux d'un homme marchant vers son destin.

Je me retournai face à la fenêtre de la cuisine, la souffrance vrillant ma poitrine. Comment une telle catastrophe avait-elle pu frapper nos existences ? Qu'avions-nous fait, en tant que peuple, pour mériter ce que ce boucher de Castro nous infligeait ? Nous avions vécu, avions travaillé, avions aimé et avions comméré sans faire de mal à quiconque.

Pourquoi une haine aussi viscérale s'exerçait-elle à notre encontre ? Mais surtout, pourquoi personne n'entendait-il nos appels à l'aide ? Pourquoi nous avait-on abandonnés ?

Un mouvement retint mon regard. La translucidité prenait une forme sphérique, baignée par la main humide d'un arc-en-ciel. Une bulle semblait jouer à flotter dans l'air. Je tendis la main. L'espace d'un instant, la belle sphère brillante plana au-dessus du creux de ma main. Elle y resta pendant une seconde, comme un chuchotement, avant d'éclater, laissant ma main vide.

Une autre bulle s'éleva de l'évier de la cuisine. Elle flotta dans l'air, sa surface changeant au gré de couleurs de larmes.

Je m'émerveillai de sa symétrie parfaite avant qu'elle n'éclate.

Et je me souvins du détergent.

De la mousse se mit à sortir des tuyauteries. D'autres bulles se libérèrent, flottant dans l'air sans se faire de souci, sans hâte. La fosse septique régurgitait son contenu, débordant du contenu mousseux que nous avions enfoncé de force dans les canalisations, les éviers et les toilettes de la maison. En un clin d'œil, la mousse devint un mur d'écume autour de moi, débordant et tombant de l'évier en des amas de rejets.

L'ironie était presque risible.

Mais je ne riais pas. Je ne souriais même pas.

Ma grand-mère s'approcha. Elle regarda en silence les amas de mousse qui enflaient sans cesse.

« Nous devrions nettoyer ça, » murmurai-je.

Abue Cachita préleva une motte d'écume blanche et l'examina pendant un moment.

« Non. » D'une chiquenaude, elle se débarrassa de la mousse comme d'un insecte nuisible. Sa détermination habituelle éclairant son regard, elle fit face à mes parents.

« Emilio... J'ai un plan. »

BERCEUSE

Arrorró mi niño
Arroró mi amor
Arroró pedazo de mi corazón...
Berceuse espagnole

LA CIRCULATION sur l'US 1, comme partout ailleurs à Miami (et presque à toute heure à présent), équivalait à faire entrer le bétail dans un corral : pare-chocs contre pare-chocs, et à peine la place pour manœuvrer nulle part.

Mais c'était la dernière passagère que Yuniel Roque déposait aujourd'hui. Il pourrait ensuite aller chercher son fils à la garderie et pourrait partager un moment de jeu au Parc Tropical avant le coucher du soleil.

« Si vous tournez à gauche au prochain feu, vous pourrez éviter toute cette circulation, » lui dit la femme sur le siège arrière. « Ma maison est à proximité. Je vais vous guider. »

Yuniel sourit et acquiesça. Encore cinq minutes à appuyer sur l'accélérateur et sur le frein ; il tourna dans la rue transversale suggérée par sa passagère. Elle était vide de voitures, à part le peu de circulation locale.

« Tournez à droite au prochain feu, » dit la femme. « Après cela, continuez tout droit jusqu'à ce que je vous dise. »

Il acquiesça de nouveau. Yuniel avait déposé et pris des clients presque toute la journée chez le concessionnaire automobile pour qui il travaillait, fournissant le service client cinq étoiles à ceux qui déposaient leur voiture pour une révision ou pour un lavage. Quoi que veuille le client, dans les limites du raisonnable, Yuniel l'accomplissait.

Il était fier de son travail. Il avait été nommé Employé du Mois après à peine trois mois d'emploi chez le concessionnaire. Il était performant, travailleur, et donnait toute satisfaction aux clients de son patron. Il nettoyait tous les jours le van de la société, remplaçait consciencieusement tous les mois le désodorisant de voiture, et gardait des pastilles de menthe dans un petit gobelet de plastique sur le tableau de bord pour offrir à ses clients.

Le client est roi. Telle était sa devise.

Et cela impliquait des pourboires, ce qui signifiait des chaussures du magasin Goodwill pour son fils. Ou un régal de *pastelitos* dans la boulangerie du coin. Il prenait tout ce qu'on lui offrait. Même une pièce de vingt-cinq cents.

« Merci de m'avoir montré ce raccourci. C'est tellement mieux par ici. »

« Je sais, » répondit la femme, soulagée d'arriver bientôt chez elle. « La circulation grossit comme une fourmilière. Tous les jours des milliers de plus se déversent. »

La femme regarda pendant une seconde les maisons par la vitre de la voiture. « Cela vous ennuie si je vous pose une question ? »

Yuniel jeta un coup d'œil à la femme dans le rétroviseur. Son sourire fut sa permission.

« Vous êtes Yuniel Roque, n'est-ce pas ? J'ai vu sur YouTube votre arrivée mouvementée il y a quelque temps à la *Noticiero de las 5*. »

Ses traits s'altérèrent. Il n'aimait pas qu'on lui rappelle ce jour. La victoire en un sens, la perte et la défaite dans un autre. Il avait détesté cette notoriété. Il avait eu peur de tout ce battage. Depuis ce demi-siècle d'exil cubain, chaque triomphe qui envoyait un doigt d'honneur au régime fideliste était fêté à l'excès dans cette ville. Yuniel avait été la coqueluche de la semaine jusqu'à ce qu'un autre *balsero* réussisse à débarquer. Yuniel avait été soulagé qu'il devienne le nouveau chouchou des médias. L'homme s'était lancé sept fois dans la mer des Caraïbes, mais avait été ramené à chaque fois sur le rivage cubain où il avait démarré ses sept périples. Sa huitième tentative pour parcourir le Gulf Stream dans une chambre à air rapiécée avec de la salive et une prière avait réussi, mais seulement après avoir nagé pendant douze heures après que son embarcation de fortune eut sombré. Quand on le questionnait sur sa persévérance aveugle, il disait aux reporters qu'il voulait serrer dans ses bras le père qu'il n'avait pas vu depuis ses quatre ans, il y avait trente-quatre ans.

« Oui, » répondit Yuniel en espérant que cela mettrait fin aux questions.

« Je suis contente, vous savez. » La voix de la femme était douce.

Yuniel se sentait perplexe.

« Je suis contente que ces bateaux vous aient aidé. » Le visage de la femme se mua en un masque désapprobateur. « Je suis heureuse qu'ils vous aient donné de l'eau et aient poussé votre *balsa* jusqu'à ce que vous puissiez débarquer près d'Elliot Key. Ce que l'administration Clinton nous a fait depuis avant l'époque d'Elian est inadmissible. »

Tout le monde savait ce qui s'était passé avant Elian, pendant Elian et après Elian. Tout le monde était au courant, particulièrement à Cuba, des changements de réglementation concernant ceux que l'on découvrait dérivant dans l'océan. Avant que Clinton devienne Président, les Cubains trouvés en mer pouvaient être amenés sans risque de représailles ou de renvoi. À présent, quiconque était pris à aider ces gens, à les recueillir ou à les débarquer risquait l'emprisonnement. La seule chose que les plaisanciers pouvaient faire était de lancer aux *balseros* des vivres et de l'eau avant de les laisser repartir sur les mêmes embarcations de mort qui prenaient l'eau, dans l'espoir que les épaves humaines cubaines, dérivant telles des sargasses, parviennent au rivage avant que les garde-côtes les trouvent. La liberté aux États-Unis impliquait maintenant de toucher terre. Sinon, ils étaient réexpédiés dans cet enfer castriste auquel ils avaient tenté d'échapper.

« Je suis désolée que votre femme y soit restée. »

La vue de Yuniel se brouilla. « Le petit est passé. C'est le plus important. »

« Je sais. » La femme fit une pause, réfléchissant. « Je sais que c'est plutôt hors de propos, mais pourquoi avez-vous pris ce risque ? Pourquoi lui avez-vous fait prendre ce risque ? »

« Il aurait été en âge scolaire l'année prochaine. Sa mère ne voulait pas qu'Addiel subisse ce que nous avons subi dans le système scolaire cubain. »

La femme resta un moment silencieuse. Son regard semblait se tourner en elle-même, revivant des souvenirs de son vécu.

« J'ai perdu un an à m'auto-enseigner. Ma mère avait des tuteurs, les quelques *gusanos* que nous avions pu trouver, pour nous donner des cours jusqu'à ce que nous quittions l'île. »

« C'était il y a combien de temps ? » demanda Yuniel, curieux.

La femme soupira, presque comme si elle souffrait. « Il y a trop longtemps. Dans les années soixante. »

Yuniel garda un moment le silence.

« Maintenant le gouvernement vient chez nous et prend les enfants de force, c'est-à-dire si vous ne les leur remettez pas quand vous êtes censé le faire. Les enfants en âge scolaire doivent être confiés à ces centres spéciaux construits au milieu de ce qui était des champs de canne à sucre. Quand les professeurs les prennent en charge, on demande aux parents de ne pas revenir. »

« Comment ? » La femme était stupéfaite. « Je n'ai jamais entendu parler de cela. »

« Personne en dehors de Cuba n'est au courant. » Le sourire de Yuniel était marqué par l'amertume. « Je me rappelle quand ma mère, paix à son âme, m'a abandonné. J'avais cinq ans. Je ne comprenais pas pourquoi elle m'avait amené là-bas, ni pourquoi elle n'avait pas le droit de rester ni de me serrer dans ses bras pour me dire au revoir. Quand le soir est tombé et que nos parents ne sont pas revenus nous chercher, on nous a dit qu'ils nous avaient abandonnés. Et tandis que nous nous endormions en pleurant, ces professeurs venaient dans les chambres pour nous dire que Castro ne nous abandonnerait pas comme nos parents l'avaient fait. Que Castro savait ce que nos parents avaient fait et qu'il était fâché contre eux. *Lui* ne ferait jamais ce que nos mères et nos pères nous avaient fait. Les professeurs passaient la nuit à nous consoler, nous montrant le portrait autosatisfait du *Comandante*. C'est *lui*, disaient-ils, qui s'occuperait dorénavant de nous. *Lui* nous entretiendrait, nous nourrirait, nous chérirait. *Lui* qui serait à présent notre père, et *lui* qui veillerait à ce que nous soyons nourris, vêtus et instruits. » Sa voix se durcit. « Et quand ils ont finalement autorisé nos parents à nous rendre visite, ils étaient devenus des étrangers honnis qui nous avaient seulement donné naissance. Nous étions déjà en voie de devenir des enfants de l'État. »

La femme était horrifiée. « Mon Dieu. Pauvres enfants. Pauvre Cuba. »

« Nelsita ne voulait pas de cela pour son fils. Elle voulait qu'il l'aime, et pas ce boucher de Fidel. »

La femme ne répondit pas, mais montra la route devant. « Tournez à gauche au coin. Ma maison est celle qui fait l'angle, à droite. »

Yuniel trouva la maison, se gara et ouvrit la portière pour faire sortir la femme. Il lui offrit un bonbon, mais la femme lui saisit la main et la serra fort.

« Je suis heureuse que vous vous en soyez sorti avec votre fils. Je suis heureuse de savoir qu'il vous aimera et pas cet *asesino*, ce meurtrier. »

« *MAMI*. »

Des doigts potelés que l'âge n'avait pas encore amincis désignèrent la femme souriant sur la photo que tenait Yuniel. La photo en quatre sur trois était froissée et tachée d'avoir été exposée aux éléments de la mer des Caraïbes. Mais c'était un trésor, leur trésor. La mère d'Addiel, Nelsis, avait enfermé hermétiquement ce souvenir familial dans la poche du short que son fils portait le jour où ils avaient quitté Cuba par la mer. C'était la seule preuve d'existence de la femme qui avait renoncé à sa vie pour la liberté de son enfant.

« *Y quien es este* ? Qui est-ce ? » Yuniel montra le petit garçon que la femme tenait dans ses bras.

L'enfant rit.

« *Yo*. »

Yuniel serra ce beau petit garçon dans ses bras. Ils étaient sur le fauteuil à bascule, se balançant doucement tout en terminant leur rituel du soir. Ce petit jeu nocturne, ainsi que le doux balancement d'avant en arrière, aidait Addiel à s'endormir et à écarter les cauchemars.

« Et où est *Mami* ? » demanda Yuniel.

« Au ciel. »

« Et elle te regarde et veille sur toi tous les jours. »

Addiel prit la photo et embrassa l'image de sa mère.

« Bonne nuit, *Mami*. Je t'aime. »

Yuniel posa la photo sur la boîte vide qui lui servait de table. Le garçon s'installa sur ses genoux, se blottissant dans une position où son oreille sentait et entendait les battements de cœur de cet homme.

« *Arroró mi niño, arroró mi amor, arroró pedazo de mi corazón...* »

La voix de fausset enrouée de Yuniel ne dérangeait pas l'enfant. Yuniel ne savait pas chanter, mais ce n'était pas grave. Il chantait quand même. La mère d'Addiel lui avait chanté cette berceuse tous les soirs en mer, berçant son fils pour l'endormir dans l'immensité de l'océan inhospitalier. Quand le garçon était endormi, elle parlait à Yuniel de ses peurs, de ses rêves pour son fils, de ses regrets. Et ce dernier jour, après que le petit garçon déshydraté et brûlé par le soleil avait glissé dans un sommeil agité dans ses bras aimants et mourants, elle avait soutiré à Yuniel son engagement.

Promets-moi, Yuniel. Promets-moi. Quand je mourrai...

Arrête, Nelsis. Tu ne vas pas mourir.

Quand je mourrai, reconnais-le comme ton enfant. Il ne te reste plus de famille à Cuba, et tu n'as personne non plus à Miami. Ne laisse pas ce qui est arrivé à Elian arriver à mon fils. Addiel ne doit pas repartir.

Yuniel ferma les yeux.

S'il te plaît, Yuniel. Promets-le moi.

Il avait promis.

Et il tiendrait sa promesse jusqu'au jour de sa mort.

UNE NOUVELLE JOURNÉE DANS LA VIE DE BENITO JOSÉ FUENTES

« BONJOUR, Monsieur Fuentes. »

Landon Cooper, agent des douanes pour le grand Etat du Texas, accueillit l'homme qui lui avait présenté les mêmes papiers depuis près de trois mois. Comme d'habitude, le reste de la famille Fuentes, sa femme et ses deux filles, se tenait derrière cet homme discret, leurs visages exprimant l'espoir mais aussi l'abattement.

« Bonjour, Monsieur Cooper. »

Benito José ouvrit l'enveloppe de papier kraft qu'il tenait. Il y prit les passeports cubains bleu ciel et les passa à Cooper. Suivant un rituel établi quand il était arrivé à la frontière de Nuevo Laredo, Benito sortit ensuite les documents d'admission émis par le Département d'État américain ainsi que les nouvelles photos pour la délivrance de passeports et les certificats de vaccination. Il les poussa vers Cooper, le regard plein d'espoir, comme son sourire.

Landon Cooper vérifia machinalement ses fichiers, mais il n'avait toujours pas de nouvelles encourageantes aujourd'hui pour ces gens. Comme il l'avait fait tous les jours pendant quatre-vingt-dix jours consécutifs, Cooper apposa un tampon daté sur la mince bande de papier sur son bureau qui informait la famille Fuentes qu'ils seraient immédiatement expulsés s'ils posaient le pied sur le sol américain, enleva l'agrafe de la précédente, et agrafa la nouvelle au document.

« Hum, Monsieur Fuentes. » Cooper s'éclaircit la gorge, gêné par ce qui allait suivre. « Il faut que vous vous écartiez et que vous attendiez dans cette zone. » Il désigna une zone d'attente isolée sur la gauche. Elle menait aux compartiments de détention et à une salle d'interrogatoire.

C'était nouveau. Benito José rassembla tous les documents dans une répétition méthodique et essaya de ne pas s'inquiéter. Il pivota et ouvrit les bras en un mouvement circulaire de bienvenue, indiquant à sa famille de se rassembler.

« Monsieur Fuentes... »

Benito José s'arrêta.

« Je suis désolé, Monsieur Fuentes, » dit Cooper. « Vous seulement. Votre femme et vos filles doivent attendre ici. »

Cooper se détourna de l'expression sur le visage de l'homme. Il n'avait jamais été du genre à se faire des idées, mais l'expression de Monsieur Fuentes reflétait celle de l'Atlas mythique, marquée par la souffrance, les épreuves invisibles et une détermination aveugle, tenant en échec le monde impitoyable qu'il portait sur les épaules.

Cela semblait injuste.

Cooper appela la personne suivante qui attendait dans la file.

Benito rassembla sa famille et la mena aux chaises les plus proches.

« Benito, qu'est-ce qui se passe ? »

Sa femme se tordait les mains tandis que son aînée, sa belle Cristina Maria, regardait fixement, les yeux emplis de larmes.

« Ils nous arrêtent ? » demanda Amalia Beatriz, sa cadette, effrayée. Elle écrasait la main de sa sœur, le regard paniqué.

« Non, non, » les rassura-t-il.

« Ils nous renvoient. » C'était une affirmation, que sa femme répétait depuis qu'ils s'étaient enfuis de Mexico.

« Non, *mi amor*. » Benito conduisit sa femme à une chaise proche de la zone où il devait attendre. Dans quel but ? « Ils ont probablement encore quelques questions à poser. »

« À combien de questions devons-nous encore répondre ? Combien de jours devons-nous rester dans cette ville frontière mexicaine ? J'ai peur, Benito. J'ai vraiment peur. »

Benito attira sa femme dans ses bras. Elena était proche du point de rupture. Lui aussi. Mais il devait être plus fort, rester plus fort, pour elle, pour ses enfants.

« Ce ne sera pas long, » la rassura-t-il, bien qu'il ne fût pas certain d'un changement proche. « Ils vont nous laisser passer sous peu. »

« Et qu'est-ce que nous allons faire entre-temps ? » demanda Elena. « Nous devons rester dans cet hôtel miteux pendant que tu vas travailler au night-club. » Elena baissa la voix. « Tu sais ce qui est arrivé l'autre jour quand un ivrogne a failli enfoncer la porte de notre chambre. Et les... »

Sa femme s'arrêta, regardant ses enfants. Ses paroles suivantes furent à peine audibles.

« Les bruits qui venaient de la chambre voisine étaient écœurants. Hier soir, Cristina s'est réveillée. Elle a demandé ce que c'était que ce raffut, mais je lui ai dit de se rendormir. Je lui ai couvert les oreilles. »

Le regard que sa femme lui adressait exprimait la souffrance et l'humiliation du moment.

« Comment puis-je expliquer à nos enfants ce qui se passe ? » Elle s'étrangla, et se reprit. « C'est écœurant. »

Benito avait mal au cœur. La famille avait rapidement appris ce que Nuevo Laredo leur réservait en cette année bénie mille neuf cent soixante-six. Cette ville mexicaine, juste de l'autre côté de la rivière par rapport à Laredo, Texas, accueillait tous les citoyens américains qui voulaient échapper aux lois rigides de leur Etat. Les lois contre les ventes d'alcool étaient une manne de ce côté-ci de la frontière où, tous les week-ends, des hordes de jeunes gens traversaient le Rio Grande, se mêlaient aux autochtones, faisaient la fête, fréquentaient les night-clubs, buvaient des alcools forts et forniquaient toute la nuit. Les commerces encourageaient la traversée. Les affaires étaient prospères pour tous les commerçants locaux, y compris leur hôtel. Benito suspectait qu'il servait de *tumbadero*, de bordel, le week-end.

Ce n'aurait pas été si grave s'il avait été seul. Il travaillait à transporter des tables et à nettoyer le night-club jusqu'au petit matin. Mais sa femme ne pouvait pas travailler, restant avec les filles toute la journée et redoutant les nuits. Pire, la chambre qu'ils louaient avait des parois minces, et un large rectangle ouvert près du plafond reliait leur chambre à la chambre voisine. On entendait vraiment tout. Un ivrogne avait même utilisé l'ouverture comme une cible, y jetant des canettes de bières écrasées, riant à gorge déployée quand il parvenait à en envoyer une.

Elena et les filles avaient été terrifiées, serrées dans le coin opposé de la pièce, pendant que des canettes, dont certaines contenaient de la bière, tombaient près de leur lit et éclaboussaient de leur contenu le sol crasseux. Pendant des jours, la chambre avait pué l'alcool éventé.

Mais Benito était totalement impuissant en ce moment. Cet hôtel était tout ce qu'ils pouvaient se permettre.

« Je vais demander à mes collègues de voir s'ils entendent parler d'un endroit plus convenable où séjourner. »

Mais il doutait que cela existe. Leur quartier était mieux que l'autre côté de la ville. Il ne pouvait pas exposer sa famille à des risques plus graves.

« Monsieur Fuentes ? »

Benito se retourna. Deux hommes, presque identiques dans leurs costumes noirs, leurs cravates noires étroites, leurs chemises blanches et leurs cheveux ras, se tenaient côte à côte, l'observant. Le blond tenait un dossier. L'autre regardait.

« Oui ? »

« Suivez-nous, s'il vous plaît. »

Elena lui broya la main. « Benito ? »

« Tout va bien se passer. Ça va aller. »

Cristina se mit à pleurer. « *Papi.* »

Amalia Maria se colla à sa taille, son petit corps tremblant contre lui.

« Elena, Cristina. » Il ouvrit les bras et les enlaça toutes. Il caressa la douce chevelure d'Amalia Maria, la rassurant comme il le faisait depuis sa naissance.

« Chut, *mi niñita linda.* Tout va bien se passer. » Il étreignit sa femme et son autre fille à tour de rôle. « Ne vous inquiétez pas. Ça va aller. »

Il embrassa la joue de sa femme. « Attends-moi. » Il sortit un précieux billet d'un dollar, qu'il fallait économiser. « Achète aux enfants un soda, de quoi grignoter. Je vais revenir bientôt. »

Benito s'approcha des hommes, qui se retournèrent sans attendre qu'il s'approche. Ils le conduisirent à travers plusieurs couloirs, jusqu'à ce qu'ils parviennent à une petite salle d'interrogatoire.

« Asseyez-vous, s'il vous plaît, » dit le blond en désignant la chaise en face de lui.

Benito était face à l'homme qui semblait être aux commandes. Il semblait faire partie de l'armée, pas du service d'immigration. De quoi pouvait-il s'agir ?

Avant que Benito pût ouvrir son dossier de papier kraft, l'homme l'arrêta.

« Nous n'avons pas besoin de voir vos papiers, Monsieur Fuentes. Vous êtes ici pour répondre à nos questions. »

« Je ne comprends pas. Nos papiers ne sont pas en règle ? »

« Le Département d'État émet beaucoup de documents, Monsieur Fuentes, mais nous sommes de la Justice. Si nous ne donnons pas le feu vert, vos papiers d'admission ne valent rien. » L'homme ouvrit le dossier. « Et nous avons des problèmes avec votre demande. Vous allez devoir nous donner satisfaction avant que nous vous autorisions à entrer... *si* nous vous autorisons à entrer. »

Benito était stupéfait. Avaient-ils commis une erreur en cherchant asile aux États-Unis ? Le Président Kennedy avait assuré tous les Cubains désireux de se libérer du joug du communisme qu'ils avaient leur place en Amérique. C'était le seul pays où ils pouvaient vivre au même niveau économique, culturel et politique qu'ils occupaient quand ils vivaient à Cuba. Ils étaient pauvres maintenant, mais il projetait d'atteindre son objectif de vivre aussi bien qu'ils l'avaient fait à Cuba. Cela prendrait plusieurs années de sacrifices, à faire revalider son permis d'exercice de la médecine, en utilisant tous les groupes de soutien que d'autres exilés dans la même situation pourraient offrir. Ils avaient déjà renoncé à tant de choses, avaient subi tant d'humiliations, avaient perdu tant de choses. Et il y en aurait encore bien davantage avant qu'ils s'en sortent.

« Vous avez déclaré dans votre demande que vous n'appartenez pas au Parti Communiste. »

« Je ne... »

L'homme prit le papier de dessus, le retourna et le fit glisser lentement à travers la table. Son index martela une partie du document.

« Ceci, » tapota-t-il, « dit que vous en faites partie. »

Benito fixa une photocopie d'une adhésion à l'Association des Docteurs en Médecine. Il vit son nom écrit en belles lettres manuscrites. Une petite case était cochée dans le coin. Cela avait été ajouté après mille neuf cent soixante-et-un par un gouvernement qui voulait contrôler toutes les professions. Vous ne signez pas, vous n'en faites pas partie. Vous n'en faites pas partie, vous n'avez pas de travail. Beaucoup, ne se rendant pas compte de la brutalité du nouveau gouvernement, avaient refusé par principe de signer. Des agents du gouvernement s'étaient alors introduits chez eux, les avaient roués de coups et jetés en prison. Seul le gouvernement savait ce qui était ensuite arrivé à ces pauvres gens. Selon la rumeur, beaucoup avaient été *fusilados*, fusillés dans les *paredones* cubaines. Donc, si vous vouliez travailler dans l'île, au moins gagner un maigre salaire qui diminuait sans cesse, chaque membre d'une corporation devait non seulement dire qu'il appartenait au Parti Communiste, mais devait renouveler son engagement chaque année.

Mais son statut actif avait été annulé un an auparavant, quand il était devenu évident qu'il ne serait d'aucune utilité au régime castriste.

« Je ne suis pas communiste, » argumenta doucement Benito. « Mais si vous vouliez travailler... Non. Si vous vouliez survivre, vous étiez obligé de cocher cette case. Vous devez comprendre... »

Le blond leva une main. « Nous comprenons parfaitement. Et vous mentez. Vous êtes probablement encore un communiste infiltré. »

Benito se dressa sur ses ergots, sa colère couvait.

« Ne me comparez pas à ces meurtriers, » faillit crier Benito, mais il se rappela où il était, et à qui il faisait face. Il avait affronté de pires interrogateurs depuis plus d'un an. Il fallait qu'il se calme, dans l'intérêt de sa famille.

« Je suis un chirurgien en cardiologie de renom... »

« Vous, Monsieur, vous n'êtes rien jusqu'à ce que vous ayez certifié devant un Comité Médical américain que vous êtes apte à tenir ne serait-ce qu'un couteau. »

Benito regarda fixement, d'abord offensé, puis il se calma. Ils avaient raison. Sa famille et lui n'étaient rien. Ils avaient perdu, en abandonnant réputation, statut, famille, des générations d'histoire, et jusqu'à leur identité, dans la poussière cubaine. Lui, sa femme et ses enfants allaient devoir tout reconstruire, même leurs âmes, à partir de rien.

« Vous êtes allés trois mois l'été dernier en Union Soviétique, » poursuivit l'homme. « Pourquoi êtes-vous allé là-bas ? »

Benito répondit en baissant la voix, comme s'il capitulait. « Le gouvernement nous a envoyés là-bas pour partager avec les médecins russes les dernières méthodes en chirurgie cardiologique. »

« Pourquoi n'avez-vous pas refusé, si vous ne faites pas partie du système ? »

« Vous êtes sérieux ? » Benito n'arrivait pas à croire que ces hommes ne devinaient pas. « Vous n'avez pas le choix à Cuba. Soit vous y alliez, soit votre famille et vous étiez emprisonnés. Et avez-vous vu les conditions dans les hôpitaux soviétiques ? Ils sont enlisés dans une mentalité du XIXe siècle, sans aucune avancée technologique ou presque. C'est nous qui avons dû leur enseigner, pas l'inverse. »

L'homme ne fit pas de commentaire. Il lisait d'autres notes écrites dans le dossier.

« Vous affirmez que vous voulez entrer aux États-Unis pour des raisons politiques. Êtes-vous sûr que ce sont des raisons politiques, et non médicales ? »

« Mon visa cubain pour le Mexique a expiré il y a un mois. Si les sbires de Castro me trouvent, il me ramèneront, et je ne reverrai jamais la lumière du jour. Ma vie, la vie de ma famille, sera fichue. »

« Monsieur Fuentes, » dit l'homme en se calant sur son siège, les doigts échelonnés devant son torse. « Nous sommes un pays de droit. Si vous jurez, comme vous vous l'avez fait, que les renseignements dans cette demande d'entrée aux États-Unis sont la vérité, toute la vérité, et rien que la vérité, je pourrais envisager de vous laisser entrer. Mais vous avez menti sur le fait que vous êtes communiste, et maintenant vous mentez sur les raisons de votre demande d'asile. Vous êtes ici pour des raisons médicales. Je ne peux pas vraiment vous laisser profiter des âmes charitables de nos citoyens et de leurs impôts. »

« Je ne suis pas malade. »

« Vous êtes atteint de la maladie de Parkinson, Monsieur. Vous êtes en train de mourir. »

Benito soupira. Il savait que cela sortirait.

« Non, je n'en suis pas atteint. J'en ai simulé les symptômes pendant plus d'un an. »

L'homme fixa Benito, mi-étonné, mi-sceptique.

« Après que mes collègues et moi avons été envoyés en Union Soviétique, » commença Benito. « Je me suis rendu compte de ce qui attendait notre pays, comment Castro allait soumettre les Cubains, et jusqu'à quels extrêmes notre gouvernement irait pour se maintenir au pouvoir. Ma belle île de Cuba serait détruite. Et nous aussi. Mais dans une certaine mesure je faisais quand même partie des chanceux. Mes compétences étaient précieuses au gouvernement. Les médecins, ainsi que les danseurs de ballet, les joueurs de baseball et d'autres scientifiques étaient les vaches sacrées du régime de Castro. Il projetait de nous utiliser comme ses émissaires personnels, les porte-parole de sa propagande à travers le monde pour perpétuer le mythe que sa révolution était un paradis sur terre. J'ai profité de ce privilège, et j'ai pris ma décision. »

« Qui était ? » demanda l'homme.

« J'ai simulé la maladie de Parkinson. Castro n'a que faire de personnes malades, a fortiori de médecins mourants incurables, vous voyez. Je n'avais pas de fils, seulement deux filles, donc inutiles au régime. »

« Vous vous attendez à ce que je croie cela ? »

Benito haussa les épaules. « Croyez-le ou pas, mais je suis disposé à me faire examiner par vos médecins. Ils verront que je ne mens pas. »

Pour la première fois, l'autre homme prit la parole.

« Comment vous y êtes-vous pris ? »

Benito ferma les yeux, se concentrant. Petit à petit, il se transforma. D'abord les tremblements de ses doigts, de sa tête, de ses bras. Il atteignit le dossier avec une lenteur maladroite. Il se leva. Son torse se raidit et, ajoutant à la perte d'équilibre, il exagéra l'instabilité de sa posture.

Une minute plus tard, il était revenu à la normale.

« Je suis médecin, Messieurs, » dit-il. « Je connais les symptômes, comment et quand ils s'installent. C'est la seule maladie qui ne peut pas être diagnostiquée avec un test sanguin ou une radiographie, donc ma tromperie n'a pas pu être découverte. Si je me loupais, ma vie aurait été fichue. Je ne l'ai dit à personne, pas même à ma femme. Cela m'a pris un an pour m'assurer que les autres médecins voient les indices des marqueurs neurologiques de la maladie, voient ses progrès, jusqu'à ce qu'un diagnostic unanime soit établi. C'est seulement à ce moment que j'ai cherché un traitement médical à l'extérieur de Cuba. »

« Vous avez été autorisé à partir ? »

« En tant que malade, je ne suis d'aucune utilité à Castro et à ses sbires. J'ai demandé un visa médical, en sachant qu'ils me l'accorderaient. Je devais être soigné par un collègue à Mexico. Je ne suis jamais allé le voir. Dès que nous sommes arrivés, j'ai contacté un collègue à UNC, le docteur Bridgewater, qui m'a aidé à gérer mon dossier et à le mettre en règle. Maintenant je suis un fugitif, comme vous le dites, pour le gouvernement cubain. Nous risquons de nous faire attraper et renvoyer. Les conséquences de ce que j'ai fait seraient indescriptibles. »

Les hommes se regardèrent. Le blond rassembla les papiers éparpillés et se leva. L'autre l'imita.

« Merci, Monsieur Fuentes. Nous allons contacter le docteur Bridgewater, et approfondir l'examen de votre dossier. Nous vous tiendrons au courant de notre décision. »

Benito se leva. Il serra la main des deux hommes, non par courtoisie, mais pour leur montrer que sa poignée de main était ferme et exempte de tressaillements.

En retournant vers sa femme, Benito pensa aux obstacles qu'il avait franchis pour arriver ici. Ce serait vraiment ironique si tout ce qu'il avait fait pour quitter le joug du communisme était précisément ce qui scellerait le sort de sa famille.

Il refusa de penser aux alternatives.

LANDON COOPER, agent d'immigration pour le grand Etat du Texas, cherchait du regard dans la salle le visage familier qu'il accueillait depuis près de trois mois. Mais le visage de son Atlas était absent.

En contrôlant un passeport mexicain et en le tamponnant, Cooper se demanda si Monsieur Fuentes était malade. Avait-il oublié de se réveiller ? Il l'espérait. Une arrière-pensée le frappait d'une crainte tenace. Il espérait que Monsieur Fuentes et sa famille ne prendraient pas le même chemin que d'autres dans cette situation. Cooper aimait bien cette famille. Il avait de l'empathie pour eux. Il ne voudrait surtout pas qu'ils deviennent des clandestins, surtout à cause de ce qui s'était produit hier. Les conséquences s'ils étaient pris, la prison et l'expulsion, seraient terribles.

Et ces pauvres exilés ne méritaient pas cela.

Cooper appela la personne suivante dans la file et regarda les deux hommes qui attendaient Monsieur Fuentes. Ils attendaient depuis une heure. S'ils se rendaient compte que Monsieur Fuentes leur avait fait faux bond...

Cooper continua de contrôler et de tamponner.

Les agents de la Justice s'agitèrent, regardant leurs montres.

Cooper tamponna un autre passeport. Il le rendit à la femme, regarda derrière elle, et sourit. Ils étaient là, prenant leur mal en patience, au bout de la file. Il demanda au suivant d'attendre et fit signe à la famille Fuentes de s'approcher.

« Bonjour, Monsieur Fuentes, » dit-il. « Je suis très heureux de vous revoir aujourd'hui. »

« Bonjour, Monsieur Cooper, » répondit Benito. « Je suis content d'être ici. Désolé pour le retard. »

Comme il le faisait depuis plus de trois mois, Benito José ouvrit l'enveloppe de papier kraft qu'il tenait. Il y prit les passeports cubains bleu ciel et les passa à Cooper. Il en sortit aussi les papiers d'admission émis par le Département d'État, ainsi que les nouvelles photos pour la délivrance des passeports et les carnets de vaccination. Il les poussa vers Cooper, le regard chargé d'espoir tout comme son sourire.

« Désolé de ne pas encore avoir aujourd'hui la réponse que vous attendez, Monsieur Fuentes. »

Benito regarda cet homme qui, dès le début, avait été courtois et amical.

« Il y a toujours de l'espoir, Monsieur Cooper. Les choses finiront par changer. »

Cooper dégrafa la bande de papier qu'il avait apposée là hier. Il apposa un tampon daté sur la nouvelle et glissa le bout de papier dans le passeport.

Benito, avec une retenue issue de son désespoir, ramassa les documents et les remit soigneusement dans l'enveloppe de papier kraft. Il réunit sa famille dans une étreinte, embrassa sa femme, et se dirigea vers les deux hommes du ministère de la Justice pour un nouvel interrogatoire.

Mais cette fois, il sentait qu'il se dirigeait vers un avenir encourageant.

Une nouvelle journée. Une nouvelle chance.

Il sourit.

PROLOGUES

VERS LA LUMIÈRE

« MAGDA, s'il te plaît. »

Magda Evans, conservatrice du *Musée du Bizarre, de la Tristesse et de la Misère*, fit un geste dédaigneux de la main.

« Ils vont arriver à tout moment. Tout est prêt ? »

« Tu veux bien m'écouter ? »

« Katherine, je n'ai pas le temps pour tes bla-bla ineptes. »

« Mais, Magda... »

Katherine Gates, amie, employée et administratrice en chef du délire de Magda (comme Katherine appelait le musée), se précipita à la suite de la femme qui était un croisement entre une Katherine Hepburn terre-à-terre et une Grace Kelly élégante. Une vraie bombe de soixante-dix printemps, Magda était un tourbillon d'énergie et d'enthousiasme, dont l'intérêt pour les histoires locales étranges était devenu une véritable vocation. Elle avait pris l'ancien bâtiment de dépôt de trains de leur petite ville, l'avait restauré et transformé en un musée qui servait de centre d'information touristique pour le centre historique de la ville.

Malheureusement, ce n'était pas le problème en ce moment. Le sujet de mécontentement le plus important maintenant était que Magda pensait que son musée était hanté ; et elle s'était donné pour mission de le prouver.

« C'est insensé, » dit Katherine, qui avait en fait juste envie de hurler. Son amie n'avait aucune idée de ce qu'elle pouvait déchaîner. À quoi elle avait déjà ouvert la porte.

« Tu as eu trois équipes en l'espace de quoi, sept mois, et ils ont trouvé peau de balle ? Qu'est-ce qui te fait croire que celle-ci trouvera ? »

« Ce sont les meilleurs, d'après mes sources, » répondit Magda.

« Conneries. Ces soi-disant experts n'en sont pas du tout. Et toutes les soi-disant preuves sont bidon. »

Magda s'arrêta en pleine course et tournoya pour lui faire face.

« Ne viens pas me dire, jeune fille, que tu n'as pas entendu le cliquetis de cette machine à écrire Royal trouvée dans l'Antarctique, les doigts gelés de la dactylo encore fixés sur ses touches. »

« Vraiment... »

« Ni vu cette ombre sur l'enregistrement de la caméra de sécurité près du memento mori dont j'ai fait l'acquisition il y a un mois. »

« Magda, » dit Katherine, à bout de patience. « Ce cliquetis, comme tu l'appelles, c'étaient les tuyauteries qui se dilataient avec la chaleur. Et l'ombre, c'était un insecte sur la lentille. »

« Question de point de vue. » Magda se retourna et alla d'un pas vif vers la porte d'entrée.

Cette femme est délirante.

Katherine sursauta. Comment se faisait-t-il que Jacob arrive toujours à des moments inopportuns ?

Jacob... Pas... Maintenant.

Ton amie n'a aucune idée de ce avec quoi elle joue, Kat.

Katherine était d'accord avec lui. La nouvelle obsession de Magda était dangereuse. Mais comme tous ceux qui s'adonnaient à ces chasses aux fantômes, les gens ne comprenaient vraiment pas la réalité de ce qu'ils amenaient réellement au jour. C'était une chose de deviner, de spéculer et de théoriser, c'en était une autre de savoir.

Et Katherine savait.

« Ah, les voilà. » Magda se tenait sur le seuil de la porte ouverte, telle une grande dame de Hollywood accueillant ses invités.

Le van de l'émission de téléréalité *Paranormal Revealed* se gara près de la rampe pour handicapés. L'animateur et l'équipe en sortirent comme des fourmis d'une fourmilière, mais un homme en particulier s'approcha. Magda fredonnait.

« Alors là, c'est ce qu'on appelle un régal des yeux, » murmura-t-elle. « Si seulement j'avais trente ans de moins pour faire des galipettes avec ce mâle alpha ! »

Katherine regardait, curieuse. Elle était en vacances quand Magda avait eu l'entretien initial avec le producteur de l'émission, Cris Ocampo. Une rapide vérification du haut en bas de cet homme l'obligea à partager l'avis de son amie. Il faisait baver. Grand (un mètre quatre-vingt, un mètre quatre-vingt-cinq ?), avec des muscles sculptés par la musculation, il était loin d'être corpulent. Des cheveux bruns, assez longs sur le dessus, plaqués en arrière avec du gel. Un visage anguleux encadré par d'épais sourcils bruns, et un sourire panoramique à la dentition parfaite qui relevait ses pommettes saillantes. Des yeux ovales de couleur chocolat au lait clair, magnifiquement soulignés par de longs cils couleur chocolat noir qu'elle vendrait sa maison pour avoir. Et l'expression dans ses yeux fit se retourner son estomac. Des yeux tristes, les appela-t-elle, n'étant pas certaine que cette expression (et l'impression qu'ils produisaient sur elle) était due à leur forme ou au pressentiment que des secrets se cachaient derrière leur surface. Cet homme, pensa Katherine, en avait vu des choses dans sa vie, et avait davantage de vécu que la plupart.

Ils lui rappelèrent aussi un peu les yeux de Jacob.

Magda se pencha comme si elle conspirait, et chuchota du coin de la bouche. « Prends note, ma belle. Il est célibataire, intelligent, et riche. »

Katherine plissa les yeux quand elle vit le regard familier je-vais-te-trouver-un-homme sur le visage de son amie.

« Oh. Mon. Dieu. » Son chuchotement était rauque et indigné. « Tu n'as pas fait ça. »

« Bien sûr que non. Mais ça ne peut pas faire de mal de te présenter à ce qui est là. »

« Pour l'amour du ciel, quand vas-tu cesser d'essayer de me marier à tous les hommes qui franchissent la porte d'entrée ? »

L'expression de Magda s'adoucit. « Il faut que tu sortes de ta coquille. Tu mérites d'être heureuse. »

« Je suis heureuse. »

« Non. Tu es solitaire. Et tu es toujours seule. »

Elle a raison, tu sais.

Tais-toi s'il te plaît. Là, nous avons un problème.

« Mademoiselle Evans ? » demanda Ocampo.

Magda ronronna encore.

La voix de l'homme jouait en harmonie avec les entrailles de Katherine.

Nom d'une pipe.

« Magda, mon cher. Juste Magda. » Elle tendit la main et attira Katherine à côté d'elle. « Voici Katherine Gates, mon assistante, ma confidente et mon amie. Elle restera avec vous ce soir au cas où vous auriez besoin de quoi que ce soit. » Elle lui fit signe de la suivre.

Le sourire panoramique s'élargit. Il recula et tira vers l'avant l'animateur du spectacle.

« Et voici l'animateur de notre émission, David Zunich. »

David Zunich, connu surtout pour son personnage télévisé de Forteus, était un peu émacié. Vêtu et maquillé de façon très Emo, il étoffait son personnage avec une chevelure ébène graisseuse, qui couvrait l'un de ses yeux soulignés de khôl noir. Des tatouages à connotation spirituelle sur les bras et son cou complétaient le stéréotype. Pour Katherine, il ressemblait à un croisement entre Marilyn Manson et Criss Angel. Très bizarrement surnaturel.

« Merci encore de nous avoir invités, Magda, » dit David. « Vous avez vraiment un lieu exceptionnel. »

Magda adorait qu'on encense son musée. « Une bonne charpente. Qui n'a eu besoin que d'un ravalement de façade et de soins attentionnés. »

David, les mains sur les hanches, fit un tour complet sur lui-même, comme s'il évaluait l'éclairage, l'acoustique, les caméras d'angle et l'atmosphère d'ensemble de l'endroit.

« Je vois aussi ce que vous avez voulu dire, Magda. Je sens quelque chose... comme une pesanteur, si vous désirez le savoir. »

Magda se rengorgea.

Katherine et Cris soupirèrent en même temps.

Des yeux tristes la fixèrent, emplis de spéculations.

Oh merde.

Les motifs du plancher la fascinèrent soudain. La dernière chose qu'elle souhaitait était que quelqu'un la remarque ce soir.

« Où aimeriez-vous vous installer, Cris ? » demanda Magda.

Katherine poussa un soupir de soulagement devant la diversion de son amie.

« Nulle part en particulier. En fait, ce serait plus naturel de laisser tourner nos caméras pendant que vous vous promenez avec David. Pendant qu'il vous interviewera pour cette séquence, nous filmerons tout, y compris les salles présentant un intérêt. Cela donnera à nos spectateurs des informations générales sur le musée, les pièces qu'il contient, et les phénomènes paranormaux qu'elles pourraient déclencher. Nous ferons le montage une fois de retour au studio, et nous ajouterons des commentaires explicatifs là où il le faudra. »

« Formidable. Quand allez-vous commencer ? »

« Dès que nous aurons installé l'équipement. »

Katherine verrouilla la porte d'entrée du musée et tenta de se calmer. Magda était partie une heure auparavant. Les caméras, l'équipement vidéo, les câbles et l'équipe de tournage étaient tous en place et prêts à passer au vert sur l'ordre du producteur. Tout le monde était excité, préparé à recueillir les preuves du surnaturel et à le montrer au monde entier. Mais les quelques heures suivantes allaient être cauchemardesques pour Katherine. Elle prit une longue et profonde inspiration, l'exhalant dans un léger soupir. Il lui fallait de la force pour ce qui allait venir. Il fallait qu'elle se prépare à se battre.

Elle appuya le front sur la surface froide de la porte et ferma les yeux.

Saint Michel, Saint Gabriel, Saint Raphaël, aidez-nous avec vos anges. Aidez-nous et priez pour nous.

Elle tourna légèrement la tête. Jacob se tenait à quelque pas sur sa gauche, avec l'expression d'un patient en souffrance, une expression de gravité et d'affliction.

Lui, comme elle, connaissait la lutte à venir.

Elle eut un sourire d'encouragement. Jacob était une âme en peine, son âme en peine, l'une de celles reléguées au fin fond du Purgatoire. Il lui était apparu l'année dernière, Dieu seul savait pourquoi, et était resté. Katherine pensait que le moment de l'attachement s'était produit pendant ses dernières vacances en Espagne, dans la nef d'une église de style roman normand dans la région d'A Coruña, pour être exacte. Elle se souvenait qu'en se promenant, fascinée par l'architecture, elle avait été attirée par un petit recoin près de l'autel. Là, taillé dans un mur, un sépulcre avec l'effigie en pierre d'un guerrier médiéval attira son regard. Et tandis qu'elle lisait la petite plaque qui portait le nom de Jacob, elle fut secouée par une tristesse accablante. Pas une tristesse humaine normale, mais une tristesse que les âmes éprouvaient en attendant leur libération. Sur une impulsion, elle avait posé la main sur l'effigie de pierre grossière, et, comme elle l'avait fait depuis ses quinze ans, avait chuchoté.

... ayez pitié de ceux qui ont été complètement oubliés...

Elle avait promis une messe.

... délivrez-le de sa souffrance...

Et avait offert sa prière.

... accordez à cet homme le repos éternel.

Jacob était apparu dans sa salle de séjour une semaine plus tard, d'abord silencieux, puis parlant de manière sélective, mais sans jamais dévoiler ce qu'il attendait d'elle. Elle avait offert des prières et des messes, mais il fallait à Jacob une action en particulier, une action qui ne lui avait même pas été révélée.

Même son Ange Gardien, qui partageait sa souffrance au Purgatoire, l'ignorait.

Et c'était très frustrant pour elle.

Elle se retourna et regarda Cris Ocampo donner ses instructions de dernière minute à l'équipe qui supervisait les caméras à infrarouge statiques.

Il ne croit pas.

Je n'en sais rien, Jacob.

Laisse-moi préciser. Il ne croit pas que ce Forteus ait des dons surnaturels ou saisisse quoi que ce soit de vaguement surnaturel.

N'importe qui peut le voir.

Jacob la regarda. *Tu es exceptionnelle, tu sais.*

Ouais. Exact. Elle sentit le froid s'installer. Les ombres se rassemblaient.

Nous sommes prêts, lui dit Jacob.

Katherine commença à hocher la tête, mais s'arrêta en se rendant compte que Cris Ocampo la regardait. La manière dont il la scrutait était un peu troublante, presque comme s'il disséquait chacun de ses gestes, chacune de ses expressions, chacune de ses attitudes.

Il était temps qu'elle se cache là où on lui avait dit de s'asseoir pendant le tournage. Elle serait à l'écart, invisible dans son coin. Et elle voulait rester invisible. Elle préférait... non, laisse tomber. Elle recherchait l'anonymat et le silence, s'enveloppant dans une bulle de prière, dissimulant ses gestes, accessibles seulement au regard de Dieu.

De sa main gauche dans la poche de son ample pantalon de survêtement, elle serrait le chapelet qu'elle y avait mis, et elle se dirigea vers la chaise installée loin derrière la zone de commande de l'équipe de tournage.

Je crois en Dieu...

Cris Ocampo effectua une vérification sommaire de l'équipe, du matériel, et de la distribution. Tout le monde était maintenant en pilotage automatique. Toutes les lumières avaient été éteintes un moment auparavant, et David, avec ses deux acolytes, déambulait dans le dépôt de trains transformé en musée, leurs voix résonnant, éthérées, dans la pénombre.

Depuis près de six ans, il était le producteur de cette émission. Depuis six ans, il veillait à ce que cette vache à lait d'émission conserve sa fraîcheur et sa qualité de divertissement. Depuis six ans, la distribution et l'équipe sillonnaient la nation, capturant des bruits équivoques, des phénomènes de voix électroniques que n'importe qui pourrait interpréter n'importe comment. Ils avaient enregistré des ombres, avec la voix off enthousiaste de David expliquant les vides plus noirs capturés. Mais Cris n'était pas dupe. Ces prétendues ombres étaient en réalité davantage des fantasmes créés par des esprits influençables que d'authentiques manifestations filmées.

Et après six années identiques, Cris s'ennuyait à mourir devant ces absurdités, sans parler de l'effort qu'il devait faire pour ne pas rire de l'idiotie des membres du casting à croire qu'ils avaient un impact sur le paranormal, sans parler de leur capacité à commander à leur guise l'apparition d'esprits.

« *Voici Forteus, Keith et Luca de l'équipe de* Paranormal Revealed... »

Cris pensait qu'il y avait dans ce monde des choses inexplicables. Ce à quoi il ne croyait pas était le spiritisme exécuté sur commande par les vivants, comme ses acteurs et son équipe le croyaient.

« *Nous sommes dans le* Musée du Bizarre, de la Tristesse et de la Misère, *où une activité paranormale a été constatée. Selon la propriétaire, Magda Evans, ces manifestations paranormales ont commencé il y a un an, juste après la fin de la rénovation de la vieille gare de trains...* »

Mais ce soir, quelque chose n'allait pas. Cris le sentait. Et c'était en rapport avec la femme étonnante qui était restée avec eux sur l'ordre de Magda. Belle, d'une façon naturelle. Timide, à en juger de certaines de ses réactions. Des yeux francs, couleur de bière maltée, un nez pincé, des lèvres douces et sensuelles. Mais ce n'était pas ce qui le bouleversait. Les commanditaires et leurs assistants étaient généralement des nuisances incontournables. Ils voulaient intervenir dans chaque détail sur le tournage de l'émission. Fréquemment, ces mêmes personnes étaient des handicaps, subjuguées, dodelinant de la tête et approuvant à tout ce qui était dit ou vécu, même si les événements étaient faux. Et toujours, tout ce que suggérait David était parole d'Évangile, qu'il s'agisse d'un mot pris dans un phénomène de voix électroniques, ou d'un orbe de lumière changeante enregistré par la caméra, ou d'un mot clignotant à travers une spirit box Ovilus III.

Des idiots utiles, tous autant qu'ils étaient.

Et puis il y avait Katherine Gates.

« *Magda et ses employés ont assisté à d'étranges événements surnaturels, et elle craint pour leur sécurité...* »

Un ricanement étouffé provint de la direction où était assise Katherine Gates, une ombre sombre parmi les ombres plus sombres de la salle.

« *Ce compteur de Mel va enregistrer toutes les variations de la température et des impulsions électromagnétiques dans le bâtiment partout où une activité des esprits est présente.* »

L'assistante de Magda était une véritable énigme. Elle ne s'était pas aplatie, n'était pas intervenue, et n'avait pas posé une seule question pendant l'installation. Quand elle les avait enfermés plus tôt à l'intérieur du musée, elle était restée près de la porte comme si elle était absorbée dans une prière. S'il n'avait pas vu chacun de ses gestes, il aurait raté son discret basculement de tête et son discret signe de tête de reconnaissance, interrompus dès le moment où elle s'était rendu compte qu'il la regardait. Et pendant qu'elle attendait qu'on donne l'ordre d'éteindre les lumières et que le tournage commence, Katherine avait été une statue silencieuse debout dans un coin reculé.

« *Nous avons déjà installé nos caméras statiques à vision nocturne, et nous avons installé des détecteurs d'écarts de champs électromagnétiques dans les deux salles où une activité paranormale s'est manifestée. Nous allons également utiliser certains des objets du musée pour provoquer des réactions de tous les esprits à proximité.* »

Cris se frotta les yeux et se retourna vers la caméra à vision nocturne qu'il surveillait, pas vers la distribution mais vers cette femme énigmatique.

« *Mais la question est celle-ci : cet endroit est-il vraiment hanté ? C'est notre objectif ce soir. Nous vous révélerons tout ce que nous recueillerons du royaume des esprits, ou nous démystifierons ce qui semble relever du paranormal mais est en réalité normal et explicable.* »

Cris plissa les yeux. Là. Il était de retour, cet éclair d'ironie, ce léger retroussement de ses lèvres en un rictus poli. Ou était-ce un autre ricanement ? Que se passait-il dans l'esprit de cette femme fascinante ?

« *Luca, vous avez la caméra thermique ?* »

Son intuition l'avertissait qu'il se passait quelque chose ce soir, et qu'il en serait le témoin.

« *C'est prêt, et en route.* »

Et cela tournait autour de Katherine Gates. Pendant ce temps, elle était assise, à attendre.

À attendre quoi ?

C'était l'énigme qu'il avait à résoudre ce soir.

Il était de plus en plus curieux.

Il regarde.

On n'y peut rien, Jacob.

Ocampo est différent. Il sent quelque chose. Il est au courant, contraire-
ment aux autres ce soir.

Peut-être. Mais nous avons un problème plus grave ce soir.

La chose a sorti ses antennes, mais elle garde ses distances. La frustra-
tion s'intensifie, donc elle va frapper fort. Ça va aller pour toi ?

Ai-je le choix ?

Oui, tu l'as.

Oui, mais je ne vais pas la laisser passer. Je n'arrive pas à croire que
Magda lui ait ouvert la voie. Si je n'avais pas été malade ce jour-là...

Elle aurait trouvé un autre moyen de passer.

Mais pourquoi, Jacob ? Pourquoi est-ce cette seule entité qui revient
sans cesse ? La plupart du temps ce sont des âmes en peine qui traversent,
dans leur besoin de prières et de messes. Ou d'autre chose, enfin, tu sais ce
qu'ils sont.

Les âmes obscures trompent, créent le chaos et envoient ceux qu'ils
peuvent dans la mauvaise direction et dans une interprétation erronée.

Celle-ci est différente, c'est comme si elle avait un programme et avait
obtenu la permission de l'exécuter.

Tu crains que cette chose t'ait prise pour cible ?

Pas moi. Nous, Jacob. Nous.

L'objectif derrière cela demeure caché à ma vue. Je n'arrive pas à voir
au-delà pour comprendre.

Eh bien, concentrons-nous sur maintenant. J'espère que ces idiots ne
feront rien de stupide ce soir.

Si elles restent fidèles à leur schéma, le cercle protecteur des âmes
devrait être suffisamment puissant pour maintenir tout à distance.

« Commençons par une session de phénomènes de voix électroniques ici. » La voix claire et puissante de David perça la pénombre.
« Magda a dit qu'elle a entendu des cliquetis provenant de cette
machine à écrire, ici. »

Reste forte, Kat.

« Il y a quelqu'un ici avec nous ? » demanda David en tapant sur
quelques touches.

Le froid, qui était jusque-là un souvenir tenace sur sa peau, s'infiltra plus profondément, s'insinuant dans ses fibres musculaires jusqu'à ce que ses extrémités gèlent. Elle sentit les âmes en peine resserrer les rangs, la lumière émanant de leurs Anges Gardiens formant un kaléidoscope de poussière de lutin.

« Quel est votre nom ? » poursuivit David. « Avez-vous utilisé cette machine à écrire pour exprimer vos dernières volontés ? Pour confesser vos péchés ? »

Un petit bruit au loin, comme la chute d'un caillou.

« Qu'est-ce que c'était ? » La voix de David contenait un soupçon de crainte et d'excitation. « Arrêtez. Arrêtez tous. Vous avez entendu cela ? »

Silence.

« Voyons si nous avons enregistré cela. »

Katherine jeta un coup d'œil au moniteur central à quelques mètres devant elle sans interrompre sa litanie mentale de prières. Les trois hommes se pressèrent autour du magnétoscope. Elle entendit David répéter les mots qu'il avait prononcés. Le petit bruit.

Les ténèbres sur sa droite se renflèrent.

Elle les repoussa avec d'autres prières.

La riposte arriva sous forme de piqûres d'épingles, acérées et brûlantes.

Ses muscles protestèrent. Sa nuque devint un passage de courants électriques, écorchant sa peau et suscitant à travers son corps un instinct de fuite en panique. Elle le réprima. Ses doigts se refermèrent convulsivement sur son chapelet.

Notre Père qui êtes aux Cieux...

À l'extérieur du cercle protecteur, des ombres s'agitaient. Katherine entendait leurs cris de désespoir, de haine, des cris pour une délivrance qui ne viendrait jamais.

Les bruits de l'enfer.

Le grésillement du récepteur d'ondes électromagnétiques remplit la pièce principale.

Katherine broncha devant le bruit, et respira par la bouche. Ses os étaient à présent en feu. La combustion humaine spontanée devait donner cette impression.

« Vous avez capturé cela, Mike ? » demanda David.

Mike, qui contrôlait toutes les caméras dans le Centre de Commandement, parla dans son walkie-talkie.

« Ouais, nous avons enregistré ça. Mais je pense que c'était un papillon de nuit qui est passé près de l'antenne. J'ai vu quelque chose voltiger sur l'écran. Je vais vérifier. »

Pendant que Mike vérifiait, Katherine vit David et ses acolytes déambuler dans la pièce principale, près de son bureau.

« Êtes-vous ici avec nous ? Venez nous parler. Utilisez notre énergie. Si vous parlez dans l'enregistreur que j'ai à la main, nous pourrons vous entendre. »

Esprit Saint... délivre-nous du mal.

Un walkie-talkie pépia. « Démystifié. C'était un papillon de nuit, » dit Mike à David.

Les choses se calmèrent. Le cercle des âmes protectrices resta déterminé, repoussant tout ce qui aurait voulu jouer avec ces gens ou les embrouiller.

Katherine était soulagée que ses âmes sauveuses tiennent les autres à distance. Mais elle n'était pas dupe. L'entité dangereuse était à proximité. Elle attendait.

Une heure s'écoula. Puis une autre. Et comme rien ne se passait, David et ses co-animateurs étaient de plus en plus frustrés. Ils prenaient le silence comme un affront personnel.

« Vous êtes en train de jouer avec nous ? » La voix de David résonna. « C'est ce qui se passe ? »

Non, non. Ferme-la, imbécile. Arrête de provoquer.

Kat, concentre-toi.

Elle sentit le cercle se déplacer, se réorganiser. Jacob apparut à ses côtés et lui serra l'épaule.

Leur proximité énerva les ténèbres.

À sa gauche, l'obscurité se solidifia en une forme stygienne qui oblitéra toute lumière. La désespérance assaillit ses émotions. La vengeance. La répulsion viscérale. Katherine se noya dans les ténèbres, en dépit de ses prières. La douleur l'élançait, la consumait. Elle haleta, les muscles de son visage marqués par la douleur.

La chose était proche. Trop proche. Trop proche.

« Je pense que vous êtes ici, » cria David, se moquant. « Mais vous êtes un lâche. Montrez-vous. »

Oh, mon Dieu. Oh, mon Dieu. Arrête, espèce d'idiot. Ferme-la.

Katherine se recroquevilla dans une posture de tatou. Les ténèbres s'étendirent.

Jacob se raidit.

Un chuchotement se faufila jusqu'à son oreille. Un rire, bas, mauvais, un ricanement pénétrant grondant depuis les entrailles mêmes de la terre.

Elle était là. Et elle savait que ce Forteus pourrait enfin la délivrer.

Si les prochaines paroles de David étaient ce qu'elle soupçonnait, elles allaient libérer ce qu'elle tentait désespérément de contenir hermétiquement embouteillé. Et si le génie s'échappait de sa bouteille...

Une main robuste couvrit la sienne dans une étreinte puissante, d'une intensité presque étouffante.

« Vous allez bien ? »

Les ténèbres battirent en retraite. Elle ne comprenait pas.

Il apporte la lumière. Accroche-toi à ça.

Le regard de Katherine se fixa sur l'homme qui l'avait observée toute la soirée. Voyait-elle de l'inquiétude atterrée se refléter chez lui ? Ou avait-elle une hallucination ?

Katherine secoua la tête, incapable d'émettre un son.

Dis-lui. Sers-toi de lui. Il peut aider à arrêter cela.

Katherine hocha la tête. Elle accepta.

« Qu'est-ce qui ne va pas ? » La voix de Cris émettait plus une demande qu'une question.

La créature s'en prit à elle en réaction.

« Arrêtez-le, » murmura-t-elle.

Cris se pencha, approchant son oreille de ses lèvres. « David, vous voulez dire ? »

Une symbiose jaillit entre eux et sembla la submerger. Mais bon sang ! Katherine savait que Cris avait éprouvé la même chose.

« Oui, » haleta-t-elle. « Il ne faut pas qu'il convoque cette chose. Il ne faut pas. »

« Vous ne devez pas jouer avec nous, » dit David, dont la voix résonna d'une vertueuse indignation. « Ne jouez pas à cache-cache avec moi, espèce de connard. »

La main de Katherine fut prise de spasmes. « Arrêtez-le. »

Cris la regarda pendant une seconde.

« J'en ai marre de jouer à votre petit jeu, » cria David. « Je vous ordonne... »

Cris jeta sa caméra par terre. Elle rebondit sur le plancher et s'arrêta aux pieds de l'équipe étonnée.

Le bruit, ainsi que les jurons colorés et retentissants de Cris, pétrifièrent tout le monde.

« Eh bien, c'était un sacré fiasco, » dit David.

Il paraissait fatigué, et cela ne ressemblait pas à l'enthousiasme dynamique qu'il avait déployé en arrivant au musée des heures auparavant. Les choses ne s'étaient pas déroulées comme il l'avait espéré, surtout après l'incident de la caméra. Le chaos qui en avait résulté n'avait duré qu'un moment. Après des excuses et une réinitialisation, ils s'étaient tous remis au travail. Malheureusement pour Forteus et ses amis, les capteurs de champs électromagnétiques avaient refusé de s'allumer, les détecteurs d'écarts de champs électromagnétiques étaient restés silencieux, et les caméras à infrarouge n'avaient perçu aucun choc ni variation thermique.

Pas de phénomènes de voix électroniques. Pas d'orbes. Pas d'ombres.

Quelques gibbosités dans la nuit, aisément démystifiées.

Sinon, un raté complet.

Hormis L'incident.

Et seules deux personnes connaissaient la vérité qui se cachait derrière. Enfin, elle savait toute la vérité. Cris devinait le reste. Mais ils gardaient tous les deux le silence.

« Mademoiselle Evans sera déçue qu'il n'y ait ici rien de paranormal, » dit Katherine, épuisée, souhaitant qu'ils sortent du musée et de sa vie. « Elle admire beaucoup votre travail. »

« Eh bien, cela arrive quelquefois, » dit David, en sortant dans la fraîcheur de l'aube. Cris resta par contre aux côtés de Katherine, ne bougeant pas d'un pouce.

« Les esprits ne se manifestent pas toujours, vous savez, » poursuivit David. « Et même si c'était une nuit de relâche, cela ne veut pas dire que le musée n'est pas hanté. Mais merci de nous avoir invités. L'endroit est vraiment chouette. Et Magda peut nous appeler si l'activité persiste. »

« Je lui ferai part de votre message. Merci pour toute votre aide. »

« Pourquoi ne m'attendrais-tu pas dans le van, David ? » Cris le congédia d'une légère poussée. « Je dois faire le point avec Mademoiselle Gates. »

David serra la main de Katherine et s'éloigna.

Cris ne perdit pas une seconde. Il prit la main de Katherine et la ramena dans la salle. Il tenait clairement à ce que leur conversation demeure privée.

« Là. » Il attrapa le siège derrière le bureau et le fit rouler près d'elle. « Asseyez-vous. Vous êtes sur le point de vous effondrer, vous avez l'air tellement fatiguée. »

Katherine s'assit, reconnaissante.

« Parlez-moi. »

L'homme avait un regard intense. Inquiet. Et il n'accepterait pas qu'elle lui raconte des bobards. Katherine savait que si elle ne satisfaisait pas à ses questions, Cris Ocampo la poursuivrait jusqu'à ce qu'il reçoive les réponses qu'il voulait.

Devrait-elle lui faire confiance ? Elle était là-dedans depuis si longtemps. Et si seule.

Chris s'agenouilla et prit ses mains dans les siennes. Il les caressa ; son contact était apaisant, réconfortant.

« Qu'est-ce qui s'est passé ici cette nuit, bon sang ? Qu'est-ce que c'était que cette chose ? »

Intéressant, Kat. Il ne l'a pas seulement sentie, il l'a vue.

« Êtes-vous sûr de vouloir le savoir ? » demanda doucement Katherine.

« Putain, oui. Ce jobard était une masse compacte d'obscurité, mais quand j'ai essayé d'avancer vers vous ma main est passée à travers, comme si je touchais de l'air. Je n'ai jamais rien vu de tel. »

« Nous non plus. Mais cette entité essaie de sortir au grand jour depuis que Magda a décidé de tenir ici une séance de planche Ouija. »

« Ça a été intense, Katherine. Et ne me racontez pas d'histoires. On vous a agressée. Vous étiez en souffrance. Que diable avez-vous essayé de faire ? »

Dis-lui gentiment d'arrêter d'employer le mot diable. C'est inconvenant. Pas après cette nuit.

Katherine sourit.

« Que je sois damné, mais vous êtes en train de le refaire. »

« Quoi ? » Elle était déboussolée.

« Votre façon de hocher la tête, d'écouter, de sourire narquoisement, comme si vous aviez une discussion privée avec un esprit. »

Informe cet humain que je ne suis pas un simple esprit. C'est offensant. Je suis une âme en peine.

« Son nom est Jacob, et c'est une âme en peine attachée à moi. »

Cris n'en croyait pas ses oreilles. « Vous voulez dire une âme, comme une âme du Purgatoire ? C'est insensé. »

Katherine pencha la tête et l'observa, curieuse. « Vous êtes le producteur d'une émission sur le paranormal, et pourtant vous remettez cela en question ? »

Cris la relâcha. Il fit les cent pas, de frustration.

« Je crois qu'il y a des esprits autour de nous. Certains restent, certains s'en vont. J'ai senti des choses que je ne peux pas vraiment comprendre. Mais le Purgatoire ? »

« C'est difficile, n'est-ce pas ? Cette spéculation existe, et cela nous dépasse. C'est la raison pour laquelle nous craignons la mort, je pense. C'est tellement plus facile de croire à la théorie du Kumbaya où nous traverserions simplement vers la lumière, en dépit de nos péchés, et où nous vivrions éternellement heureux. »

« Je ne peux pas y croire. »

Il croit.

« Eh bien, je n'y peux rien. »

« Vous avez dit que la chose de la nuit dernière veut se matérialiser ? »

« Elle a failli le faire la nuit dernière. »

« Qu'est-ce qui l'en a empêchée ? »

« Les prières. Le cordon de protection créé par les âmes en peine et leurs Anges Gardiens. Ma souffrance en échange de la sauvegarde des vivants. »

Et tant d'autres choses que nous n'avons pas eu le temps d'exploiter.

Katherine ignora Jacob.

« Vous avez aidé aussi. »

« Ouais, c'est juste. En détruisant un équipement onéreux pour que l'animateur de mon émission se taise. »

« Invoquer les esprits est une entreprise dangereuse. Et c'est pire de les provoquer. Vous avez amené... » Katherine s'interrompit, tentant d'expliquer. « Une lumière, une énergie, si vous voulez. En me touchant, en m'aidant, vous avez consolidé le cercle. L'entité a été mécontente d'être aspirée de nouveau par les ténèbres. »

Cris frissonna ostensiblement. « Savez-vous ce que c'était ? »

« Un démon, probablement. » Elle fit une pause. « Peut-être. »

Ça pourrait être une âme damnée.

Katherine refusa d'envisager les propos de Jacob.

« C'est incroyable. » Les yeux de Cris brillaient. « Vous avez un don incroyable. »

« Non, Cris. »

« Comment ? »

« Non. Personne ne doit savoir ce qui s'est passé ici, ni ce que je fais. Et si jamais vous le révélez, je vous ridiculiserai comme quelqu'un dont la santé mentale vient de se faire la malle. »

Cris la regarda fixement.

« Je mentirai effrontément jusqu'à ce que l'univers s'arrête pour vous traiter de menteur. »

« Pourquoi ? D'autres aimeraient... »

« Je ne suis pas eux. C'est trop grave pour être banalisé. L'éternité est en jeu. Et je ne vais pas courir ce risque. »

« Venez, Cris. » David passa la tête par la porte ouverte, visiblement contrarié. « Il se fait tard, et nous devons passer en revue les preuves, faire des modifications, enregistrer et ajouter les commentaires en voix off. »

Katherine sourit.

« Allez-y, Cris Ocampo, » chuchota Katherine. « Sachez que

nombreux sont ceux au Paradis et ici-bas qui vous sont reconnaissants pour votre aide et pour votre silence. Surtout moi. Allez votre chemin, et vivez en paix. »

« Venez, mon gars, » se plaignit David. « Il est six heures du matin. Nous avons environ une demi-heure de route pour l'hôtel. »

Cris emprisonna Katherine sur son siège. Il se pencha en avant.

« Vous êtes une femme incroyable et fascinante, Katherine Gates. Je garderai vos secrets, pour l'instant. Mais notre discussion est loin d'être terminée. Et si vous pensez que nous en avons fini, vous vous leurrez. Je ne laisserai pas quelque chose d'aussi précieux disparaître de ma vie. »

Il la regarda, réfléchissant. Laissant libre cours à une envie irrésistible, ses lèvres effleurèrent les siennes dans un doux frôlement. Une sorte différente d'électricité se déclencha, envahissant les terminaisons nerveuses de Katherine.

« J'en ai eu envie toute la nuit, » dit Cris, et il le répéta. « C'est agréable. »

Katherine était assise, stupéfaite. Elle le regarda traverser la salle d'un pas vif, mais s'arrêter sur le seuil de la porte. Le sourire panoramique était de retour, lui donnant un air malicieux.

« Je vais revenir, » lui dit-il. « Soyez-en sûre. »

Oh, mon Dieu.

MIROIR, MIROIR :
UNE HISTOIRE POLICIÈRE COURTE DU DÉTECTIVE NICK LARSON

LE DÉTECTIVE NICK LARSON se tenait en silence au centre de ce qui avait été une scène de carnage une semaine auparavant. La chambre ressemblait à présent à une scène de crime gelée, un rappel macabre et figé de leur enquête sur la victime qui avait été massacrée par sa femme.

Nick déglutit, se rappelant l'odeur sur la scène. Zut. Il réagissait toujours de manière viscérale. Il était sensible aux odeurs de mort, et même à leur souvenir. C'était toujours comme ça, et ça craignait.

Il se mit à transpirer.

« Tu ne vas quand même pas te mettre à vomir partout, hein ? » La voix de Sacco se fit plus forte tandis qu'il approchait. Partenaire de Nick depuis près de six ans, Sacco reconnaissait les signaux quand Nick était sur le point de vomir. « Il ne reste presque plus d'odeur. »

Nick se retourna. Son sourire ressemblait davantage à une fente de désapprobation.

« Je vais très bien. »

« C'est un soulagement, » répondit Sacco.

Côte à côte, les hommes contemplèrent la pièce.

« Qu'est-ce qui ne va pas, Nick ? »

Nick se tourna légèrement. « Aide-moi à revoir tout ça, tu veux bien ? »

« Tu n'es pas sérieux, » dit Sacco, ses propos empreints d'incrédulité.

Devant le silence persistant de Nick, Sacco gratta sa courte tignasse blonde avec une frustration ostensible.

« Merde, Nick. C'est une affaire classée. Tu ne penses pas sérieusement qu'elle n'est pas la meurtrière ? »

« Quelque chose ne colle pas. »

Sacco se pencha en avant en fixant Nick du regard. « Elle t'a conquis, non ? Ce sont ses yeux. Une paire d'yeux te fait chavirer, et tu te laisses faire. »

Nick regarda le lit en face de lui. Ce meuble avait été le témoin d'un crime aussi brutal que ceux de Jack l'Éventreur.

« Revoyons ça, Vic, s'il te plaît. » Nick savait que Sacco comprendrait sa demande. Il faisait cela dans les affaires qui le troublaient. Son partenaire appelait cela La scène du crime parle à Nick.

Sacco resta silencieux pendant une minute.

« D'accord, » dit Sacco en sortant ses notes.

« D'après les témoins et les employés, le mariage de la suspecte battait de l'aile. Selon la rumeur, elle était sur le point d'obtenir une injonction restrictive contre la victime. »

« Cela a-t-il été vérifié ? » demanda Nick.

« Horowitz a reçu hier une copie de la décision de justice. »

« C'est quoi, l'histoire ? »

« La suspecte... »

« Elle a un nom, tu sais, » dit Nick.

Vic haussa les épaules. « D'après la décision de justice, Laura Howard a déclaré que son mari devenait apparemment violent, en dépit de leur séparation. »

« Donc, » dit Nick en comptant sur ses doigts. « Un : qu'est-ce qu'il fichait dans son appartement à elle ce matin là, et deux : comment est-il entré ? »

« Pour le un, putain, aucune idée. Quant au deux, l'assistante de Madame Howard a confirmé qu'Orlando Howard a pris le double de la clé de l'appartement au travail de Madame Howard. En déclarant qu'il devait récupérer des papiers officiels... »

Le portable de Nick sonna. Il regarda le numéro et rejeta l'appel.

« Angie ? » demanda Sacco.

Nick hocha la tête.

« Qu'est-ce qu'elle veut encore ? »

« Les mêmes conneries, » dit Nick, écœuré. Cela empirait avec son ex-femme. Et comme un imbécile, il continuait à l'aider bien qu'ils aient divorcé deux ans plus tôt.

« D'accord. Supposons que la victime soit venue récupérer des papiers officiels... »

« Que nous n'avons jamais trouvés, et Laura Howard nie les avoir jamais détenus ici, » dit Sacco.

Nick alla aux portes ouvertes du placard.

« Vue de la caméra de surveillance, Laura Howard, tenant un couteau de cuisine, farfouille à travers ses vêtements dans ce placard. » Nick se dirigea vers le lit. « Quand Orlando pénètre dans l'appartement, Laura Howard glisse le couteau entre le matelas et le sommier. » Il mima l'action. « Elle laisse le manche à demi sorti, facilement accessible au cas où elle aurait besoin d'une arme. »

Sacco se tenait près de Nick. « Elle fait face à la porte, attend que la victime approche. Une dispute s'ensuit. »

« Qu'est-ce que tu fais ici, tu es ma femme, et patati et patata, » dit Nick, mimant la scène silencieuse qu'il avait vue sur l'enregistrement. « Ils en viennent aux mains. La colère devient passion. Et puis soudain, c'est la fornication à l'état brut. »

« Merde, Nick, » grimaça Sacco. « Je suis ouvert d'esprit, et j'apprécie à l'occasion une partie de sexe brut et consensuel. Mais ceci a été on ne peut plus animal, aux limites de la cruauté. Si je ne l'avais pas vue participer ardemment et le chevaucher pire que dans un rodéo, j'aurais appelé cela un viol. »

Et l'image de la femme sur la vidéo, chevauchant l'homme avec une férocité jubilatoire, ne correspondait pas à celle que Nick avait de la Laura Howard distinguée, timide et douce. Quelque part, du fond de son instinct, Nick pensait que la femme qui était maintenant leur principale suspecte ne se serait pas comportée de telle manière.

Ce n'était pourtant pas ce que disaient les preuves.

Et cela lui vrillait les entrailles.

En tant qu'enquêteur dans les cas d'homicide, l'expérience avait appris à Nick à ne pas se fier aux apparences. La plupart des crimes n'étaient pas toujours ce qu'ils semblaient être. Un bon exemple : un an auparavant, ils avaient pincé un tueur en série qui avait l'air d'un saint et avait confessé sa cruauté avec une franchise et une fierté presque enfantines.

Mais dans cette affaire-ci, son instinct plaçait tous les voyants au rouge écarlate.

Autre point important : que diable connaissait-il des femmes ? Angela était l'exemple suprême de sa stupidité en la matière. Elle avait été l'essence même de la bonté et de la lumière, c'est-à-dire avant leur mariage. Une fois leur union scellée, la virago s'était lentement manifestée, surtout après que la boisson et la drogue eurent pris le contrôle, l'accusant de sa dégradation et de tous ses malheurs. Accusant le travail de Nick.

Le portable de Nick sonna de nouveau. Il refusa l'appel et enfonça l'objet dans la poche de son pantalon.

« Avance jusqu'à une minute après l'orgasme, » poursuivit Nick. « Orlando Howard, au lieu de s'abandonner dans l'ardeur post orgasme, est plus furieux que jamais. On ne sait pas pourquoi. »

« Il jette du lit la suspecte. » Sacco montra un endroit sur le sol près de ses pieds. « Elle atterrit là. »

« Elle est furieuse. Attrape le couteau. Et pendant que Roméo commence à se nettoyer avec les draps, elle tranche et découpe ses parties, son ventre, sa poitrine et son visage. »

« Quel a été le nombre final de coups de couteau selon Totes ? » demanda Sacco. Totes était le surnom affectueux que le département avait donné à leur médecin légiste.

« Quinze, » dit Nick, son visage exprimant son dégoût. Il avait été l'officier présent à l'autopsie. Sans le masque aspergé de Febreeze qui camouflait l'odeur de mort, il serait toujours en train de vomir tripes et boyaux.

« Cinq dans les parties génitales, quatre dans l'abdomen, quatre dans la poitrine, et deux sur le visage. »

« Mince. »

« Finalement, Laura Howard laisse tomber comme par hasard le couteau près de la virilité tranchée de la victime. » Nick poursuivit. « Après cela, nous n'avons plus d'informations. Elle se dirige calmement vers la caméra de surveillance et décale son angle face à la fenêtre. Nous présumons qu'elle a pris une douche, s'est changée et est partie au travail fraîche comme une rose. Cinq heures plus tard, elle appelle le 911. »

« Couillue, cette femme, » dit Sacco.

Nick scruta la pièce : le placard, l'ouverture de la salle de bain, le lit, et la commode de l'autre côté du lit.

« Pourquoi la caméra de surveillance a-t-elle été bougée après la tuerie ? » dit Nick. « Et déjà, que faisait-elle avec un couteau ? Et pourquoi le futur ex-mari était-il si furieux après la partie de sexe débridée ? Il y a quelque chose qui nous échappe. »

Sacco scruta la zone. « Ouais. Je vois ce que tu veux dire. »

Nick pivota. « Il faut que je revoie cette vidéo. »

« HÉ, NICK. »

Nick pénétra dans la salle où leur gourou en chef des preuves et des empreintes digitales du Département des Enquêtes Spéciales, Tish Ramos, répertoriait les preuves. Des éléments de leur affaire en cours étaient organisés en regroupements spécifiques sur la table de travail.

« Sacco a dit que vous vouliez la vidéo du meurtre. » Elle souleva un sachet scellé et le secoua. La clé USB bancale à l'intérieur tomba au fond. « John Hancock, s'il vous plaît. »

« Les nouvelles vont vite. » Nick prit son stylo à l'intérieur de sa veste et signa pour l'obtenir.

Ramos rit. « Votre merveilleux partenaire a aussi dit que vous n'étiez pas convaincu par les preuves dans cette affaire. »

« Ça devrait être une simple formalité, non ? » dit Nick. « Après tout, le visage de l'assassin est en plein milieu sur la vidéo. »

« Le massacre etc... saisi avec la précision nette, digitale, d'une télé-réalité, » dit Ramos en finissant d'épousseter la poudre à empreintes bichromatique de la lentille et du boîtier de la caméra de surveillance prélevée dans la chambre de l'affaire Howard. Elle observa ses résultats.

« Mais ? » demanda-t-elle, sans prêter attention à Larson, mais à l'empreinte digitale cachée que la poudre avait révélée. Elle tenait deux tailles de ruban adhésif transparent, une dans chaque main, essayant de décider laquelle fonctionnerait le mieux.

« Je ne peux pas encore mettre mon doigt dessus. »

Ramos leva un doigt pour signaler à Nick d'attendre. Elle choisit un ruban adhésif, écarta l'autre, et le passa sur l'empreinte avec une extrême précision. Elle appuya dessus. Nick admira la fermeté et la stabilité de ses mains. Les empreintes digitales étaient une saloperie à traiter. La plupart du temps, ils auraient de la chance s'ils obtenaient une empreinte partielle utilisable. Mais Ramos avait un don. Si quelqu'un pouvait prouver une identité à l'aide d'une empreinte digitale, c'était bien elle.

Ramos souleva le ruban adhésif dans un lent mouvement en diagonale, appuya l'image de l'empreinte au dos d'une carte sans que ses gants de latex s'y accrochent, et étudia son ouvrage. Elle grogna de satisfaction.

« Une empreinte de pouce convenable. Je devrais obtenir suffisamment de marqueurs pour confirmer l'identification. »

Elle se tourna face à Larson. « La femme nie-t-elle toujours avoir assassiné son ex ? »

« Son avocat nie catégoriquement. » Nick secoua la tête. « Mais vous auriez dû la voir à la lecture de l'acte d'accusation. On aurait dit qu'une bombe avait explosé à côté d'elle et qu'elle souffrait toujours de troubles post-traumatiques. »

« Quand a lieu l'audition préliminaire ? »

« Dans soixante-douze heures. Le procureur fait diligence. Le Commandant attend des aveux. À mon avis, il se berce d'illusions. Mais quand l'avocat aura vu la vidéo complète, plus les autres preuves, le procureur pense qu'ils plaideront coupable pour éviter le procès. »

Ramos recourba un doigt et fila à l'autre bout de sa table de travail.

« Eh bien, désolée d'ajouter à vos maux de ventre. » Ramos désigna deux photos de la scène de crime, puis un vêtement à côté d'elles. « À propos, il y a des traces sur le tissu qui a été ramassé, mais ce n'est pas ce que je veux vous montrer. »

« Quel est le délai d'attente pour l'ADN ? »

« Environ un mois ou deux, » dit Ramos. « Le procureur de district ne se presse pas dans cette affaire. »

« À cause des preuves vidéo. »

Ramos acquiesça. Nick la rejoignit. Elle désigna l'une des photos étalées sur la table à sa gauche.

« Ceci, » elle appuya son index sur une masse sombre visible près du bord du lit de la victime. « Est ceci. » Elle fit suivre ses propos par des tapotements sur le chemisier étalé sur la table. « Que voyez-vous ? »

Nick vit plusieurs fentes et déchirures sur le tissu. Sinon, le chemisier était propre, bien que froissé. Nick présuma que son état était lié au fait qu'il avait été jeté sur le sol de la chambre comme un déchet, comme on le voyait sur la photo.

« À part ce qui est évident, je ne vous suis pas. »

« Que voyez-vous autour des déchirures, ici, et ici ? »

Nick attrapa une paire de gants, les enfila et prit le chemisier, examinant les coupures. « Rien. »

Ramos lui sourit comme s'il était son meilleur interne.

« Exactement. Ces déchirures, » montra-t-elle, « ont été faites avec un couteau. »

« Pas avec des ciseaux ? »

Ramos le regarda comme s'il venait de l'insulter, ce que, dans une certaine mesure, il avait fait.

« Les bords sont nets, pas dentelés. La largeur correspond parfaitement à votre arme du crime. Mais, » et là Ramos lui fit face, le regard intense. « Il n'y a pas de sang autour des déchirures. Il n'y a de sang nulle part, sauf des projections à l'arrière du chemisier, qui était le seul côté exposé pendant le meurtre. Cette dégradation a été faite avant le meurtre. J'y parierais mes fesses. »

« Et elles sont tellement belles, d'après Sacco. »

Ramos rit, lui frappa le bras, pivota et prit une autre photo de la scène de crime, prise cette fois dans la salle de séjour. Elle la tendit à Nick, désignant le canapé.

« Regardez. » Anticipant sa question, Ramos lui tendit la loupe.

Il se concentra sur son indice. Des petits morceaux de rembourrage du dossier du canapé en cuir jonchaient le coussin de l'assise juste en dessous. Un ou deux étaient visibles depuis ce qui ressemblait à une déchirure dans la têtière.

« Je parie que, quand je retournerai sur la scène de crime pour mesurer ces déchirures, elles correspondront exactement au schéma de découpage du chemisier, à la position des coupures, et à la largeur de la lame. »

« Cela répond à l'une de mes questions. »

« Pourquoi elle avait un couteau dans la chambre ? »

« Ouais, » dit Nick en ramassant le sachet avec la clé USB. « Mais la meilleure question est : pourquoi diable cette femme voudrait-elle détruire ses propres vêtements ? »

Nick allait connecter la clé USB à son ordinateur quand son téléphone de bureau sonna.

« Larson. »

« Tu es un salaud, Nicky. Pourquoi n'as-tu pas répondu à mes appels ? »

Merde. Angela.

Nick fit le tour de son bureau et du pied, ferma la porte de la pièce.

« Angie, je suis en plein dans un homicide. Je suis occupé. »

« Putain, tu es toujours trop occupé pour moi. » La voix d'Angela se mua en voix de ténor, un mélange de pleurnicherie et de supplication. « Il m'a quittée, Nick. Il m'a larguée comme du papier toilette usagé pour une pouffiasse de vingt-trois ans. »

« Angie... »

« Je n'en peux plus. Pourquoi est-ce que tout le monde me quitte ? »

Nick ne lui fit pas remarquer que c'était habituellement elle qui larguait l'autre et que ces dernières années Angela avait changé d'amant comme de chemise. Malheureusement, le dernier connard avec qui elle s'était branchée était un utilisateur occasionnel dont les envies prenaient le pas sur celles d'Angela. Et il fallait qu'Angela soit le centre de l'attention, le point focal et le besoin.

« Je veux te voir. »

Il faillit demander pourquoi mais dit : « J'ai une affaire à résoudre et cela ne peut pas attendre. Tu es au travail ? »

Son silence lui répondit que non. Elle allait probablement encore perdre son emploi, le troisième qu'il lui avait trouvé cette année.

« Eh bien, comme si je pouvais y aller avec une sale gueule pareille ! »

Sacco tapa à la fenêtre du bureau, et lui fit signe d'aller dans la salle de briefing.

« Viens auprès de moi, Nicky, » dit-elle, essayant d'être aguichante, mais gâchant le tout par ses reniflements incessants et sa voix pâteuse.

« Va dormir pour évacuer ce que tu as pris. Appelle ton sponsor. Fais-toi aider. Il faut que j'y aille. »

« Sauve-moi ! »

Nick était épuisé jusqu'à la moëlle par ces sempiternels refrains. Cela durait depuis deux ans. D'abord, juste après le divorce, il avait cédé à chaque fois à ses suppliques, retournant parfois avec elle, pensant qu'ils pourraient peut-être résoudre leurs problèmes. Mais après encore six mois d'enfer, alors que la boisson la rendait incontrôlable, qu'il devenait évident qu'elle volait pour trouver de la drogue, et que ses menaces incessantes s'aggravaient progressivement, il en avait eu assez.

« Tu ne veux pas qu'on te sauve, Angie. » Sa voix était empreinte de l'habituel mélange de colère frustrée et de tristesse envers cette femme qui ne cherchait qu'à s'autodétruire aux dépens de Nick. « Tu veux me faire tomber de force à ton niveau. J'en ai marre de cette merde. Trouve-toi quelqu'un d'autre à saigner. »

« Tu m'es redevable, espèce de salaud. »

« Je te dois peau de balle. »

« Sans toi, je n'aurai pas besoin de... »

« C'est des conneries. »

Nick claqua le récepteur sur son support, attrapa le classeur à trois anneaux du meurtre Howard, et sortit précipitamment du bureau. Dans la salle de briefing, il claqua le classeur sur la table et s'assit.

Sacco faillit émettre un sifflement, mais le garda pour lui.

« Le dernier en date d'Angela l'a larguée, » expliqua Nick avant que Sacco pût lui poser la question.

« C'est pas étonnant que ton téléphone n'ait pas arrêté de sonner. »

« Ouais. Je suis devenu la coqueluche du moment. »

Ramos arriva, un classeur de preuves au creux du bras. « C'est dommage que vous ne puissiez pas la faire interner. » Elle avait entendu les dernières paroles de Nick. « Elle a sérieusement besoin d'une aide psychiatrique. »

Le Commandant Kravitz entra à grands pas. « Bougeons-nous, les gars. J'ai une réunion avec le procureur de district dans cinquante minutes, et avec la circulation ça va être la merde pour traverser la ville. »

« Vous voulez lui apprendre la bonne nouvelle ? » demanda Ramos, regardant Nick.

Kravitz regarda Nick en face.

« Oh, bon Dieu, non. » Son regard traversa toutes les personnes dans la pièce. Quand il vit le visage de Larson, Kravitz leva les bras au ciel et se laissa tomber sur la chaise. « S'il vous plaît, dites-moi que vous n'êtes pas en train de mettre en doute la culpabilité, bordel ! »

« Commandant... » commença Nick.

Ramos l'interrompit. « Pour être juste envers Larson, Commandant, nous venons de découvrir des incohérences dans les preuves. »

« Vous me prenez pour un con. » La mâchoire de Kravitz remuait. S'il avait fumé ses cigares préférés, il en aurait coupé le bout. « Quelle incohérence peut-il y avoir après les preuves dans la vidéo ? »

« Il y a plusieurs choses qui me travaillent, qui me travaillent depuis un moment, » dit Nick. « Pourquoi, si cette Madame Howard ne savait pas que son mari allait faire son apparition ce jour-là, a-t-elle emporté un couteau dans la chambre ? Pourquoi son futur ex a-t-il pété un plomb après les rapports ? Pourquoi a-t-elle changé l'angle de la caméra après la tuerie ? Pourquoi la chronologie de certaines déclarations de témoins est-elle erronée ? Et puis il y a ce que Ramos a découvert. »

Ramos intervint. « En creusant les preuves ce matin, j'ai trouvé un chemisier dont le tissu était déchiré, peut-être par l'arme du crime. La zone autour de la déchirure était pourtant exempte de sang, bien que cette preuve ait été trouvée au pied du lit. » Ramos prit la photo du canapé de la salle de séjour et la montra à Kravitz. « Vous voyez que le canapé atteste de coupures. J'ai fait un modèle en papier du chemisier avec les déchirures et les dimensions des coupures, et je vais retourner sur la scène de crime après notre briefing pour comparer mes observations. »

« Je vais aussi vérifier toutes les vidéos de surveillance de l'appartement. » Nick pointa le menton en direction de Sacco. « Vic peut vérifier les vidéos de surveillance des parages de l'appartement que nous nous sommes procuré aujourd'hui, et celles du lieu de travail de la femme. Peut-être aurons-nous une idée de ce qui s'est passé. »

« Commandant, » demanda Ramos. « Y a-t-il un moyen pour que nous obtenions la priorité pour les analyses d'ADN dans cette affaire ? Il n'y a absolument aucun moyen qu'elle ne se soit pas coupée en dépeçant son ex. Sa main a dû glisser et déraper avec tout ce sang. »

Nick se tourna vers Sacco. « On a pris des photos de ses mains quand on l'a attrapée ? »

Sacco secoua la tête.

« Amenez cette femme pour un interrogatoire, maintenant, » dit Kravitz. Il se tourna vers Ramos. « Si elle s'est servie du couteau, il devrait rester des traces de coupures sur ses mains. Allez ! »

Kravitz les regarda tous. « Autre chose ? »

Tout le monde secoua la tête, se leva, et retourna au travail.

« REGARDE ÇA. »

Sacco leva la tête. Il visionnait les vidéos de surveillance depuis une heure. Il avait repéré leur tueuse dans plusieurs d'entre elles, et avait noté les marqueurs digitaux pour que le labo puisse convertir ces images en tirages photo.

Nick tourna l'écran vers son partenaire. « Quand Ramos m'a parlé du chemisier, je suis retourné à la vidéo de la zone de la salle de séjour et de la cuisine. » Il désigna l'écran avec un auriculaire.

« Regarde. » Nick appuya sur le bouton Play.

Le coin supérieur de la porte d'entrée s'ouvrit et Laura Howard entra. Mais au lieu de se livrer à ce que la plupart des gens normaux font quand ils rentrent chez eux, cette Laura Howard se promenait dans l'endroit, caressant les meubles avec des doigts amoureux. Elle s'arrêta près du canapé, y ramassa le chemisier et appuya sa paume dessus. Elle sourit et alla à grands pas à la cuisine. Elle fourragea dans le réfrigérateur, but dans le carton de jus d'orange, et jeta le reste du jus dans l'évier. Elle souleva plusieurs couteaux de leur support sur le comptoir, en choisit un à large lame et alla vers le canapé. Elle étala le chemisier à plat, et entreprit de le lacérer.

Nick arrêta l'enregistrement.

« En voilà une dingue complètement dézinguée, » dit Sacco.

Nick réduisit la fenêtre de cette portion de la vidéo de surveillance et agrandit un autre écran. Il montrait la chambre. Selon le compteur qui s'affichait en bas à droite, seulement quelques minutes s'étaient écoulées entre la scène dans la salle de séjour et celle-ci.

« La revoilà, près du placard, le couteau à la main. Je pense qu'elle est en train de fouiller dans les vêtements pour faire la même chose qu'avec le chemisier. Mais cette fois, elle est interrompue. »

Les deux hommes regardèrent en silence. Il y eut le moment où le langage corporel de Laura Howard montra qu'un bruit l'avait mise en alerte. Elle alla vers le lit, plaça le couteau sous le matelas et attendit.

Nick avança rapidement jusqu'à la première altercation.

« Ici. » Nick désigna l'endroit où étaient les mains de l'ex-mari. « Il la saisit par les poignets. Violemment. Elle devrait en avoir gardé des bleus. Mais je ne me souviens pas d'en avoir vu sur ses poignets et ses avant-bras. »

« D'après Horowitz, Laura Howard est entendue à l'heure actuelle. Il nous appellera quand ce sera terminé. »

Nick mit la vidéo en avance rapide jusqu'à la fin de l'acte sexuel. Il ne voulait pas y assister de nouveau. Il en avait déjà une image nette imprimée dans son cerveau.

« Voici ce que je ne saisis pas. » Il mit la vidéo en pause avant que l'ex précipite sa femme par terre. Il la remit au ralenti. « L'homme est vraiment furieux. Il lui crie quelque chose. ».

Sacco se rapprocha de l'écran. « Complètement furieux, à en croire son langage corporel. »

Nick arrêta la vidéo et réfléchit. « Mandy Penzik n'est pas une porte-parole pour les malentendants ? »

Sacco acquiesça. Mandy avait un fils sourd. Elle avait apporté sa contribution au tribunal et lors d'interrogatoires à chaque fois qu'ils avaient eu besoin d'aide avec des malentendants.

Nick passa la tête par la porte du bureau. « Swan, » cria-t-il. « Trouvez-moi Penzik, voulez-vous ? Il me faut son expertise sur un truc. »

Nick passa le reste de la vidéo. La tuerie était barbare, mais le seul éclair de rage chez la femme n'était pas pendant qu'elle massacrait l'homme. C'était au moment du rejet, ou du dégoût venant de l'ex-mari. Tout ce qui suivait avait été exécuté dans un détachement clinique.

Il la regardèrent faire tomber le couteau, aller vers la caméra de surveillance et la bouger.

« Pourquoi diable fait-elle ça ? » dit Nick, encore plus perplexe maintenant.

« Moi non plus je ne pige pas, mais... » Sacco tourna l'écran de son ordinateur face à Larson. « Ça peut expliquer quelque chose. » Il désigna deux fenêtres de vidéo en pause côte à côte.

« Elles sont un peu granuleuses, » dit Sacco, montrant les deux images de la même femme. « Mais cette Laura Howard, à droite, ne porte pas les mêmes vêtements que la Laura Howard sur la gauche. En fait, » il feuilleta le classeur du meurtre et sortit une photo d'identité judiciaire de la suspecte du meurtre.

« Laura Howard ne porte aucun de ces vêtements quand on l'amène pour l'interrogatoire une ou deux heures plus tard. »

« Put... »

« Hé, Nick, Sacco. Vous avez besoin de quoi ? »

Mandy Penzik ressemblait plus à la présentatrice d'une émission de divertissement télévisé tape-à-l'œil qu'à un sergent de police aguerri par ses dix années d'expérience sur le terrain.

« Hé, beauté, » dit Sacco. « Comment va votre fils ? »

« Eddie va très bien. Il aura son diplôme dans une quinzaine, puis il partira à l'Université pour quelques années. Mince, mais c'est qu'il va me manquer ! »

Le portable de Nick vibra. Il regarda l'écran et jura. Angela l'appelait maintenant en utilisant FaceTime. Il détestait ces satanés smartphones alors que personne n'avait le temps de pisser en privé. Il posa le téléphone sur le bureau, ignorant l'écho des vibrations incessantes.

« Vous savez lire sur les lèvres ? »

« Bien sûr. Pourquoi ? »

« Voyez si vous pouvez deviner ce que cet homme dit. »

Nick rembobina la cassette jusqu'au moment qui suivait l'orgasme. Il la mit en route. Le visage de Mandy était un modèle de concentration.

« Pouvez-vous la repasser, mais cette fois en zoomant, si vous pouvez. »

« Ça va peut-être brouiller un peu l'image. »

« Essayez quand même. »

Nick zooma et repassa la cassette. Mandy regarda.

« Putain, qui êtes-vous ? » dit-elle. « Vous parlez, parlez. Allez chercher, quelque chose, quelque chose, quelque chose, et puis moi. » Elle regarda Nick. « Ça vous aide ? »

« Vous êtes sûre ? »

« Sur le... bip... qui êtes-vous ? Ouais. Pour le reste, je ne peux pas dire. Son corps à elle se met en travers plusieurs fois avant que je puisse revoir les lèvres de l'homme. »

Mandy désigna l'écran de l'ordinateur. « Est-ce l'affaire Howard ? »

« Ça s'avère ressembler plus à une foutue affaire du type Jekyll et Hyde, si vous voulez mon avis, » dit Sacco.

« Je pensais que c'était une affaire réglée, » dit-elle en regardant les deux hommes.

« Nous aussi, » répondit Nick. « À moins qu'elle soit machiavélique et nous prenne pour des imbéciles. Ce ne serait pas la première fois. »

« Il y a des gens complètement tordus qui traînent, » convint Mandy.

Le téléphone de Nick vibra de nouveau.

Illustration parfaite. Son ex-femme.

« Angela ne s'arrêtera pas tant que tu ne lui auras pas répondu, » lui dit Sacco.

« J'en ai rien à foutre. »

Horowitz passa la tête dans le bureau. « Carpenter a fini, Lieutenant. Il vous attend à l'extérieur de la salle d'interrogatoire un. »

Nick et Sacco remercièrent Mandy et se dirigèrent vers l'endroit où Carpenter, un technicien de scène de crime, les attendait, brandissant sa caméra digitale.

« Voici ce que j'ai eu. »

Nick et Sacco se réunirent autour du viseur. Carpenter se mit à faire défiler des photos. Aucun hématome nulle part. Quelques éraflures et coupures sur ses mains, par contre.

« Attendez. Revenez en arrière. »

Carpenter retourna en arrière jusqu'à ce que Nick l'arrête.

« Qu'est-ce que c'est que ça ? » Il désigna le pouce droit de la main de la femme.

« Elle a une sorte de cicatrice là. Elle n'arrête pas de la tripoter avec les ongles de son majeur et de son index. » Carpenter les regarda. « Si elle n'arrête pas rapidement de faire ça, elle va saigner partout dans votre salle d'interrogatoire. »

« Imprimez-moi ce que vous avez pris. » Nick regarda Sacco. « Dites à Ramos que j'ai besoin d'elle pour comparer les empreintes qu'elle a relevées sur la caméra de surveillance avec les empreintes enregistrées de Laura Howard. Il nous faut des réponses. »

LAURA HOWARD ne savait pas si elle allait vomir, s'évanouir ou mourir d'une crise cardiaque dans cette minuscule salle d'interrogatoire miteuse. Elle y était déjà allée. Elle se souvenait des deux détectives qui s'en prenaient à elle sans merci, essayant de la piéger, de lui faire confesser un crime dont elle savait qu'elle ne l'avait pas commis. Elle avait été furieuse qu'ils ne l'aient pas crue au début. Sa colère et ses dénégations s'étaient muées en silence et en incrédulité tandis qu'ils décrivaient son comportement dans l'appartement, en humiliation quand ils lui avaient montré des photos sexuellement explicites d'elle en train de chevaucher son mari, et en choc horrible devant les images de ce qu'elle avait soi-disant fait à l'homme qu'elle avait aimé jusque récemment.

Si elle n'avait pas vu son propre visage se refléter comme dans un miroir, elle aurait juré que quelqu'un lui jouait un sale tour.

Après cela, elle avait été dans une sorte d'hébétude pendant son mandat d'amener et sa mise en accusation. Maintenant, on l'avait de nouveau traînée ici, les bras et les mains placés sous la lentille aveuglante d'un autre appareil photo, pour qu'ils soient étudiés et examinés sous le microscope de la présumée culpabilité.

Son avocat avait dit que ces gens avaient la preuve irréfutable de sa culpabilité et poussaient pour qu'elle plaide coupable à une accusation moindre. Lui aussi. Elle avait failli éclater de rire. Homicide au lieu de meurtre au premier degré. Légalement, la frontière était vaste, surtout en ce qui concernait sa condamnation. Moralement, un meurtre était un meurtre. Orlando était mort. Quelle importance que le jargon juridique dise qu'elle l'avait fait avec préméditation ou dans un accès de jalousie furieuse ?

Son mari était quand même mort.

Massacré.

Écorché.

Oh, Seigneur.

Son estomac se souleva. Elle attrapa la corbeille à papier la plus proche et eut des haut-le-cœur jusqu'à ce que son estomac se calme. Elle cracha dans la corbeille son reste de salive par-dessus la malheureuse goutte de bile. Elle scruta la pièce, ne vit pas de mouchoirs en papier, et se servit de la manche de son ensemble pantalon fourni par la prison pour s'essuyer les lèvres. Elle était maintenant une taularde. Une criminelle. Peu importe qu'elle pue jusqu'à ce qu'on l'autorise à se laver ou à changer de vêtements.

Elle aurait voulu être morte.

La porte s'ouvrit et l'un des deux détectives qui l'avaient interrogée plus tôt s'y encadra. C'était le plus beau des deux, celui qui avait des yeux tristes et une voix douce. Il sentait bon. Il l'avait traitée avec respect, à la différence de l'autre, qui avait davantage l'air d'avoir été la brute de l'équipe de foot du lycée.

Comment s'appelait cet homme ? Larson, elle se souvenait. Le détective Larson.

Le gentil.

Elle secoua la tête. Qui essayait-elle de tromper, bon sang ? C'était probablement autant un dur à cuire que les autres détectives, un salopard qui se dissimulait, attendant qu'elle craque au point de ne plus pouvoir recoller les morceaux de son âme.

Il entra dans la pièce. En silence, il posa un classeur à trois anneaux sur la table. Il enleva un stylo de la poche de sa chemise, avec un petit carnet de notes à rabat, et les posa près du classeur. Il ouvrit un vieil ordinateur portable, s'assit, et s'adossa, l'observant.

Elle attendit.

Qu'il passe à l'attaque.

Elle sursauta lorsqu'il parla.

« Vous vous êtes coupé les mains. Comment ? »

Laura regarda ses mains, vit les habituelles coupures et éraflures liées à son travail. Enfin, ce qui avait été son travail. Son affaire, une pâtisserie de luxe, *Les Gâteaux Riches*, spécialisée dans les gâteaux de mariage et autres pâtisseries pour une clientèle exclusive, finirait probablement dans les mains de son associé à présent.

« Je gagne ma vie en fabriquant et en façonnant des gâteaux. » Elle retourna ses mains, puis les tourna encore. « J'ai toujours des éraflures et des coupures. »

« Vous ne vous rappelez pas quand vous vous êtes fait celles-là ? » La voix de Nick était faussement calme.

Laura secoua la tête et attendit. Elle se mit à gratter la cicatrice chéloïde sur son pouce droit. Ce tissu cicatriciel remontait à l'époque où elle avait failli se trancher le pouce à l'âge de huit ans. À chaque fois qu'elle était stressée ou énervée, elle s'y attaquait jusqu'à ce que la zone fût à vif.

« Puis-je vous montrer quelque chose ? »

Laura regarda fixement.

Nick alluma l'écran de l'ordinateur. Il passa d'abord la vidéo de surveillance de sa salle de séjour. Puis s'adossa pour observer ses réactions.

Nick avait déjà vu de fausses réactions. Il avait vu du théâtre et de la comédie. Le désarroi sur le visage de cette femme, qui s'était transformé en stupeur si intense un instant plus tard, ne pouvait être feint. Et l'expression dans son regard, incrédule et tourmentée à la fois, le troubla.

Cette section de la vidéo s'arrêta. Nick attendit.

« C'était... ça n'aurait pas pu être. » Laura secoua la tête, comme si elle essayait de s'éclaircir les idées. « Je ne me souviens pas... »

« Vous ne vous souvenez pas d'avoir découpé votre chemisier ? »

Elle regarda Nick avec de grands yeux.

« Non, » murmura-t-elle. « Ce n'était pas moi. Ce n'aurait pas pu être moi. » D'une voix plus forte, elle cria presque. « Ce n'était pas moi. Vous avez photoshoppé ça. Vous êtes en train de me piéger. »

Nick cliqua sur l'autre fenêtre ouverte sur l'écran et tapa sur Play.

Le regard de Laura revint à l'ordinateur.

Elle vit la femme qui était elle, mais pourtant pas elle, se diriger vers le placard, et fouiller à travers ses vêtements. Elle vit cet imposteur cacher sous le matelas le couteau qu'elle avait pris dans *sa* cuisine, vit la confrontation avec *son* mari. Puis elle vit la suite, et elle pensa mourir. Elle se tourna vers la corbeille à papier qu'elle avait posée par terre et vomit encore de la bile.

Nick arrêta la vidéo et leva les yeux vers la caméra dans la pièce. « Apporte de l'eau et des mouchoirs en papier, » dit-il. Nick savait que Sacco accéderait à sa demande.

« Ceci n'a pas été photoshoppé, Laura, » dit Nick.

« Mais ce n'est pas moi, » dit-elle d'une voix douce, sur un ton incrédule. « Ça ne peut pas être moi. Je, je ne suis pas ce monstre. »

Nick désigna l'écran en pause. Le visage de Laura était fixé sur la caméra, sa main droite positionnée pour la bouger. « Êtes-vous en train de me dire que ce n'est pas vous ? »

Laura regarda son visage, qui n'était pas *son* visage. Était-elle folle ? Était-elle en train de vivre un cauchemar vivant ? Elle avait entendu parler de cela. Ou peut-être était-ce finalement l'effet du stress, qui l'avait fait basculer dans la folie sans même qu'elle s'en aperçoive ? Faisait-elle partie de ces personnes somnambules qui faisaient des choses innommables quand elles étaient dans cet état ? Ou était-elle un Ted Bundy en devenir ?

Le téléphone de Nick se mit à sonner. Elle le vit regarder l'écran tactile. Ses lèvres devinrent une fente désapprobatrice avant d'ignorer l'appel et de se concentrer sur elle.

« Allons, Laura. Pourquoi l'avez-vous fait ? Devenait-il violent ? Menaçant ? »

Laura demeura silencieuse. Des larmes affluèrent et tombèrent en silence sur ses joues, sur ses lèvres, sur sa poitrine. Elle ne bougeait pas.

« Nous avons une copie de l'injonction restrictive, » poursuivit

Nick. « Que vous a-t-il fait pour que vous vouliez vous venger aussi sauvagement ? »

Laura frissonna et se frotta les bras en réaction. Elle se rappelait la dernière fois où Orlando l'avait prise de court, au dépourvu. Il l'avait prise de force, pensant que la violence de son acte pourrait la rendre plus docile, plus gérable.

La faire revenir à lui, dépendre de lui.

Cela n'avait fait que la rendre folle furieuse.

Elle avait été humiliée de façon irréparable.

Mais se serait-elle vengée en le tuant ? Avait-elle fait cela ?

L'autre détective entra avec une boîte de mouchoirs en papier et une bouteille d'eau. Il laissa le tout devant elle et quitta la pièce sans prononcer un mot. Nick lui ouvrit la bouteille et poussa près d'elle la boîte de mouchoirs. Elle en attrapa un, s'essuya le visage et se moucha.

« Vous savez, » dit Nick, se mettant à l'aise sur son siège. « Je peux comprendre les jeux violents. Ils peuvent amener à du très bon sexe. »

Nick regarda le visage de Laura blanchir, puis virer à l'écarlate. Intéressant.

« Mais ce que je ne saisis pas est : qu'avez-vous dit à Orlando qui l'a mis dans une telle fureur qu'il vous a jetée par terre ? »

Laura secoua la tête. Elle se mit à pleurer pour de bon.

Le téléphone du détective sonna.

Il faillit l'éteindre, mais s'arrêta quand il lut ce qui apparut sur l'écran.

« Excusez-moi un moment. »

Il se dirigea à l'extérieur, où Sacco l'attendait. Il mit l'appel sur haut-parleur.

« Parlez-moi. »

« Ce n'est pas elle, Nick. »

Sacco fut le premier à réagir. « Comment ça, ce n'est pas elle ? Qu'est-ce que ça veut dire ? »

« Ce n'est pas elle. Attendez-moi. Je suis en route. »

Ils se réunirent dans la salle de conférence, Kravitz, Nick, Ramos et Sacco.

« D'accord, Ramos, » dit Kravitz. « Accouchez. »

Ramos plaça devant les hommes la carte avec les empreintes de Laura Howard. « Nous les avons prises quand nous l'avons placée sous mandat de dépôt pour le meurtre. Regardez les deux empreintes de pouce. »

Nick examina les empreintes. Il vit l'arête noire créée par la cicatrice sur le pouce droit. La gauche était normale.

Puis Ramos leur montra la carte avec l'empreinte qu'elle avait relevée ce matin.

« Voici l'empreinte latente que j'ai obtenue sur la caméra de surveillance, celle de sa chambre. »

« D'accord, » dit Sacco, après un rapide examen du matériel devant lui. « C'est une empreinte partielle, mais elle ne semble pas être traversée par une arête. Donc c'est l'empreinte de son pouce gauche. »

« Erreur. »

Ramos souleva le couvercle de son ordinateur et ouvrit son logiciel de comparaison. Elle tira l'empreinte scannée de la caméra et la compara, d'abord au pouce droit de Laura, puis à son pouce gauche. Pas de correspondance. Elle regarda les hommes, s'attendant à voir leurs visages s'éclairer en comprenant.

« Messieurs, allons. Il n'y a qu'une possibilité. » Elle décompta ses réponses sur ses doigts. « Qu'est-ce qui vous ressemble, possède le même ADN, même si ce n'est pas une bonne chose pour nous maintenant, mais n'a pas les mêmes empreintes digitales ? »

Nick eut un hoquet de surprise. « Des jumelles ? La femme sur la vidéo est la sœur jumelle de Laura Howard ? »

« Soit c'est ça, » dit Ramos avec satisfaction, « soit cette personne s'est fait faire une reconstruction faciale complète juste pour ce plaisir. »

« Vous vous foutez de ma gueule, » explosa Kravitz.

« C'est la seule chose qui ait du sens, Commandant, » dit Nick.

« D'après la recherche d'antécédents qui a été effectuée, elle n'a pas de frères et sœurs, » dit Sacco.

« Nous allons devoir approfondir davantage. » Nick les regarda tous. « Les adoptions, les archives des mineurs, les familles d'accueil. Il doit y avoir quelque chose. »

« Je vais envoyer l'empreinte à l'AFIS*[1], » dit Ramos. « Avec un peu de chance nous aurons quelque chose. »

« En attendant, » dit Kravitz. « Howard reste en garde à vue. Je vais parler au procureur de district et je verrai ce qu'il veut faire. »

« Et il faut que nous recommencions entièrement l'examen de la scène de crime, » dit Nick à Ramos. « Voyez si vous pouvez obtenir d'autres empreintes sur les objets que cette autre femme a touchés dans cet appartement. Je vous donnerai une liste quand j'aurai tout répertorié sur la vidéo. Nous devons séparer la vraie Laura Howard de la fausse. »

Ramos empêcha Nick de partir. Elle tourna l'écran de l'ordinateur face à lui. Il montrait la femme, celle qui n'était pas Laura Howard, figée dans l'instant par la technologie, qui tendait la main pour changer l'angle de la caméra de surveillance. Ramos désigna la main, sélectionna la zone qu'elle voulait, et zooma. Le pouce de la main droite apparut en pleine lumière.

Pas de cicatrice.

« Vous et votre intuition, » dit Ramos, la voix teintée d'admiration. « Rappelez-moi de ne jamais parier contre vous. »

CELA LEUR PRIT littéralement une semaine à battre le pavé, mais ils trouvèrent la sœur jumelle dans un hôtel miteux de Bowery qui hébergeait des prostituées, des junkies et principalement des bons à rien. C'était essentiellement la vie qu'elle avait toujours menée, d'après les antécédents qu'ils avaient exhumés sur elle. Maintenant qu'ils étaient armés d'empreintes partielles et de nouvelles preuves, la femme, une certaine Sandra Ward, attendait dans la salle d'interrogatoire où ils avaient emmené Laura Howard une semaine plus tôt.

Nick était assis en face d'elle, troublé par l'étrange réplication d'un être humain à un autre. La couleur des cheveux et des yeux, le front, le nez, la forme des lèvres, et la position d'un petit grain de beauté en haut à droite de la lèvre supérieure, étaient identiques. La taille, le poids : similaires. Même la coupe de cheveux avait été imitée.

La seule chose qui différenciait ces jumelles était les dossiers dentaires, les empreintes digitales et...

Les yeux.

Les yeux de Sandra Ward, tandis qu'ils regardaient Nick, en disaient long sur une vie d'arnaques, de cynisme et d'expérience de la rue. Des yeux insensibles. Des yeux égoïstes, axés sur elle-même. Des yeux jaloux, tournés vers l'extérieur. Des yeux opportunistes. Des yeux calculateurs.

Les yeux d'Angela.

Peut-être était-ce pour cela qu'il avait eu une réaction aussi négative quant à la possibilité que Laura Howard ait commis un meurtre aussi abominable. Qu'il en avait douté. Les yeux de Laura n'avaient pas reflété la vie de débauche que lui renvoyait la femme en face de lui.

Nick attendit et observa. C'était étrange qu'il n'ait aucun doute que cette Sandra Ward, maintenant face à lui comme si de rien n'était, fût capable de meurtre. Putain, elle avait assassiné Orlando Howard sans remords.

La question était : pourquoi ?

Nick sortit son téléphone et l'éteignit. Il ne voulait pas être interrompu, du moins pas par Angela. Le harcèlement de ses appels s'était multiplié, elle avait perdu son emploi et usait à présent d'une nouvelle tactique pour le manipuler : menacer de se tuer s'il ne prêtait pas attention à ses exigences. Cette semaine encore elle l'avait dupé deux fois avec un faux suicide. Elle avait abusé des ressources du 911 pour attirer son attention. Elle était même venue sur son lieu de travail et y avait créé l'esclandre du siècle.

Il en avait assez. Il ne supporterait plus ces conneries.

Nick ouvrit le dossier Howard : « On vous a lu vos droits ? »

Sandra Ward haussa un sourcil, le regard méprisant. Elle s'adossa sur son siège et croisa les jambes dans une pause provocante.

Sacco avait préparé une série de photos pour cet interrogatoire. Nick les sortit du dossier et les observa rapidement.

« Puis-je vous demander quelque chose ? »

Nick plaça la photo du dessus devant elle.

« Vous avez pénétré dans l'appartement de Madame Howard à dix heures cinq du matin. »

Une autre photo apparut à côté de la première.

« Vous avez déambulé dans les lieux, vous avez caressé les meubles. »

Elle eut un sourire narquois à l'emploi du terme caresser.

« Vous avez bu du jus de fruit. Vous avez choisi un couteau au hasard. »

Nick posa les trois photos suivantes sous les autres, face à elle.

« Puis vous avez tailladé le chemisier comme si c'était une chose vivante, vous êtes allée dans la chambre, avez caché le couteau, et vous avez affronté Monsieur Howard. »

Trois autres photos furent posées en dessous des précédentes.

« C'est devenu brutal, c'était du sexe... énergique. »

« Tout-à-fait, » dit-elle.

« Mais ensuite ça tourne mal. » Nick tapota une photo en particulier. « Là, Monsieur Howard s'en est pris à vous. Il vous a demandé qui vous étiez. »

Sandra Ward pouffa de rire. « En fait, il m'a dit, et je le cite, Putain, qui êtes-vous ? »

Nick posa la photo où elle était étalée sur le sol après que Monsieur Howard l'y avait jetée. Elle se pencha légèrement en avant, fit glisser ses doigts sur son image.

« Quel a été le déclencheur ? » demanda Nick, en faisant suivre ses paroles de trois autres photos d'elle en train de massacrer Monsieur Howard.

« Je lui ai rappelé que j'étais sa femme, mais il n'a pas marché. Il s'en foutait complètement de qui j'étais. J'ai essayé de l'inciter à me baiser encore, mais à la place il m'a dit de ne pas lui faire perdre son temps. Que sa femme était un meilleur coup. Il allait appeler la police si je ne me cassais pas, mais surtout il a dit qu'il n'avait que faire d'une putain comme moi. »

Le regard qu'elle tourna vers Nick était dur, un regard qui disait : « Pas de quartier. »

« Personne ne m'utilise et me jette. Personne. »

La dame était un sacré numéro. Nick posa la dernière photo sur la table. C'était une photo d'elle en train de tendre la main vers la caméra de surveillance pour la bouger.

« Là, cette photo me désarçonne, Sandra. Pourquoi diable avez-vous fait cela ? »

La femme haussa les épaules. « Le spectacle était terminé. *Elle* m'avait vue, elle avait vu ce que j'avais fait. Ce que j'étais capable de faire. Et je venais de détruire pour toujours sa petite vie parfaite. » Elle regarda Nick. « Un petit prêté pour un rendu. Je n'aurais jamais pensé que vous devineriez. »

Et Dieu merci, ils avaient deviné.

---

1. * NDT : AFIS Automated Fingerprint Identification System (Système Automatisé des Empreintes)

FIN

TOUT LE MONDE EST
UN CRITIQUE

UNE idée prit forme... se développa... se façonna...
Des conflits surgirent : des souffrances, des joies, des luttes,
et de l'amour...
La force surgit de l'adversité, la vie devint – respiration.
La magnificence et la simplicité se révélèrent...
Le triomphe émergea des épreuves.

Puis...

C'est trop long, faisons simple...
C'est trop court.
Trop de souffrances... Pas assez — pourquoi pas ?
Trop de sexe... Pas assez.
Trop bête à vivre...
Trop macho pour moi...
Supprimons les adverbes et écrivons d'une seule
perspective...
Le conflit est trop surjoué, trop galvaudé...
L'imagination, ça suffit, les loups, ça suffit.
Les vampires qui ne se comportent pas comme ils le
devraient, ça suffit.
Le cadre trop extravagant, c'est trop cliché.

Je pourrais résoudre le problème de façon bien plus rapide...

Et ainsi de suite...

Donc...

Il y avait une femme qui rencontra un homme...

Ils habitaient dans un bel endroit, où vous voulez...

Sans problèmes, sans failles, sans conflit, sans mensonges...

Ils firent connaissance, firent l'amour de manière époustouflante...

Et ils vécurent heureux.

Et voilà.

Fin.

À PROPOS DE L'AUTEUR

Maria Elena Alonso-Sierra est un auteur de romances policières qui possède un point de vue unique. Ses romans d'aventures se situent dans des endroits à travers l'Europe et les États-Unis, reflétant son éducation internationale et son long vécu de globe-trotter. Dans sa séquence, *Maudite monnaie* et *Maudit manuscrit*, ses personnages, Gabriela et Richard, parcourent les mêmes routes que leur créatrice, bien que sa vie n'ait jamais connu de tels périls.

Dans son recueil de nouvelles, *L'aquarium et autres nouvelles*, elle laisse courir son imagination à travers tous les genres (du paranormal à l'énigme) et rédige la représentation fictive d'événements qu'a endurés la diaspora cubaine, parmi lesquels elle entrelace nombre de ses propres expériences.

Madame Alonso-Sierra a commencé sa carrière d'écrivain vers l'âge de treize ans avec une nouvelle de science-fiction juvénile, mais elle avait contracté le virus de l'écriture, et elle n'a pas cessé d'écrire depuis, d'une façon ou d'une autre. Elle a travaillé comme danseuse professionnelle, chanteuse, journaliste et professeur de littérature (et pas nécessairement dans cet ordre : elle aime la diversité), et est titulaire d'un Master de littérature anglaise. Elle adore avoir des nouvelles de ses lecteurs, et quand elle n'écrit pas, elle vagabonde pour découvrir de nouveaux cadres pour y construire ses romans.

Madame Alonso-Sierra travaille actuellement à son prochain roman, et vit en Floride avec son mari et son chien, Amber.

Connectez-vous avec l'auteur aux adresses suivantes :

Site web : www.mariaelenawrites.com

Blog : www.mariaelenawrites.com/blog

DU MÊME AUTEUR

Maudite Monnaie

Maudit Manuscrit

L'Aquarium : et autres nouvelles

Pendues Tendrement dans la nuit : Un roman policier avec l'Inspecteur Nick Larson

www.ingramcontent.com/pod-product-compliance
Lightning Source LLC
Chambersburg PA
CBHW071006120726
47910CB00004B/1412